JN022035

名取佐和子

文庫旅館で待つ本は

筑摩書房

文庫旅館で待つ本は

目次

装丁
田中久子

装画
Naffy

文庫旅館で待つ本は

序

緑の芝を、サイレンの音がなぎ倒していく。ついさっきまでうるさいほど響いていた太鼓の音も応援の歌声も止まり、グラウンドの球児達と応援席の観客達が直立不動で頭を垂れていた。テレビの中の空気を読んだのか、窓の外でジリジリと鳴いていた蟬まで静かになる。

脱帽して目を瞑《つむ》った選手達のこめかみに浮かぶ汗を、カメラは執拗に撮りつづけた。

毎年八月十五日の正午、甲子園の熱戦のさなか唐突に割り込んでくる光景に、私はいまだ慣れない。

——まるで空襲警報だ。

一分にも満たない時間が永遠に思えるサイレンの音に耳鳴りがしてきたところで、襖《ふすま》があく。

「おーじーじ。今、忙しい？」

神妙な顔をのぞかせた女の子は、私の曾孫《ひまご》だ。小学校にあがったとランドセルを見せて報告してくれたのは、今年の春だったか、去年だったか——年を取ると、時間の感覚がどんどん曖昧になる。まさか曾孫の顔が見られるほど、自分が長生きするとは思わなかった。私は何のために生かされているのかと、近頃よく考える。

「いや。テレビを見ていただけだよ」

リモコンを握ってテレビを消し、私は曾孫に笑いかけた。彼女はホッとした顔で部屋に入ってくると、座椅子に座った私の前にぺたりと膝をつく。

「ご本読んで」

そう言って差し出された本のタイトルを見て、私は苦笑した。

「また〝文庫〟の本を持ってきたな」

「うん。わたし、えびさわぶんこのお部屋だいすき。ご本がいっぱいで楽しいもん」

「そうか。じゃあ大きくなったら、爪屋《たこや》の女将さんになるといい」

私の軽口に彼女は眉を下げ、本に目を落とした。長い睫《まつげ》毛が頰に精巧な影を作る。

「ご本が読めなくても、爪屋のおかみさんになれる？」

小さな声だった。

「読めない？」

「うん」

「そりゃ、これは大人向けの小説だからな。難しい漢字もたくさん出てくるし――」

私の言葉の途中で、女の子はもどかしげに首を横に振る。

「えびさわぶんこのご本も、おウチにある子どもの本も、学校図書館のご本も、ぜんぶ読めないの。長くひらいてられなくて」

「本をひらけないって？　それはまた、どうして」

声に戸惑いがこもってしまったのだろう。彼女は私の顔をまっすぐ見上げた。黒い瞳の占める面積が大きいせいか、妙に印象の強い目だ。前髪が汗で割れ、広くて形のよい額が覗いている。

「くさいから」

「臭い？」

「そう。ご本をひらくと、鼻がツーンとして目がチカチカして涙が出て、読めない」

——臭いんだよ。たまらなく臭くて、敵《かな》わん。

ふいに耳の奥で生々しい声がよみがえり、私はとっさに顔を覆った。

「おーじーじ、だいじょうぶ？」

心配そうな声がする。敏感な子だ。だいじょうぶだよと答えながら、私はゆっくり顔から手をどけた。薄い眉をひそめた曾孫の顔が、目の前にある。その容姿は、私の孫より孫の嫁になってくれた娘とよく似ていた。それなのに、よりによって、本が臭いだと？　因果とは、何とむごいことか。

「なれるとも。本が読めなかろうが、料理が作れなかろうが、英語が話せなかろうが、お客様に寄り添う心があれば、凧屋の女将になれる」

私は大きな声で言い切ると、老眼鏡をかけて彼女の手から本を取り上げた。

「さあ読んでやろう。大じいじが全部読んでやるから、気になる本は何でも、文庫から持っておいで」

嬉しそうにうなずく彼女の顔を見ていたら、私の奥から突き上がってくる思いが勝手に口を動かしていた。

「その前に、大じいじが読みたい本を、少しだけ読んでもいいかな？」

「大じいじの好きな本？」

無邪気な質問を背に、私は押し入れからパラフィン紙のカバーがついた黄ばんだ本を取りだしてきた。曾孫と向かい合って座ると、ページを繰る。

「最初のページから読まないの？」と不思議そうに問う彼女にうなずき、私は読み上げた。

別に悪い人間といふ程のものもゐないやうです。大抵田舎者ですから。

私の暗誦を、本の読めない曾孫がじっと聞いている。私は霞む目をしばたたき、余生はこの子との時間に費やすべきなのだと悟った。ようやく見えた運命を受け入れ、懺悔《ざんげ》することに決めた。この本を何度も読んでやろう。覚えてしまうほど何度も。

いつのまにか蟬の声が戻ってきている。

一冊目

最寄り駅から十五分、住宅街をひたすら歩かされた。広さも造りも申し分のない立派な邸宅が並ぶ、高級住宅地だ。企業名の看板がかかった保養所や人の気配のない別荘らしき建物を含め、ほとんどの敷地に防風防砂用の松が植えられ、由緒正しき避暑地の雰囲気を醸し出している。

夏は近くの海水浴場に向かう観光客で賑わうらしいが、秋のシルバーウィーク真っ只中の今、住宅街はもちろん、駅でも駅前の商店街でも、自分達以外に旅行客を見かけなかった。ネットで検索したかぎりでは、海の他に観光できる場所もなさそうだから、シーズンオフにわざわざやって来る者は少ないのかもしれない。

――ここで、よかったのか？

不安が頭をもたげ、永瀬《ながせ》葉介《ようすけ》は思わず、前を歩く北村雄高《ゆうこう》の厚い肩を見つめた。

「到着だよー」

雄高の肩越しにひょいと顔をのぞかせた萩原《はぎわら》愛夢《あむ》と目が合う。スマートフォンを掲げて振り回しているのは、ナビアプリがガイドの終了を告げたと言いたいのだろう。愛夢のそんな仕草は、幼稚園の頃からちっとも変わっていない。互いに二十八歳となった今、ずいぶん幼く見えた。

葉介は足を止めて、目の前から道の先までつづく土塀を見る。さほど高い塀ではないが、内側の竹林や松やその他の植栽が絶妙な目隠しとなり、建物は瓦屋根くらいしかのぞけない。

屋根のついた立派な門をくぐると、古民家らしき建物まで石畳がつづいていた。のれんのさがった玄関はささやかな造りで、建物全体も正面から眺めるかぎりそこまで大きくない。規模だけでいえば、さっき通ってきた住宅街の中にもっと広くて豪勢な邸宅がたくさんあった。ただ、佇《たたず》まいの重みはこちらが群を抜いている。創業九十年を超えた旅館の持つ格ってやつだろうか。はたまた単なる古さだろうか。葉介は考えながら、玄関の引戸を横に滑らせた。黒光りした縦格子の戸は、その年季の入った見た目から葉介が想像していたよりずっと軽く、軋《きし》みも抵抗もない。大きな音を立ててひらいてしまった戸にあわてる葉介に、おだやかな声がかかった。

「凧屋《たこや》旅館へ、ようこそいらっしゃいました」

玄関の上《あ》がり框《がまち》で深々とお辞儀をしていた者が、ゆっくり顔をあげる。涼しげな白い着物に銀杏色の帯をしめた若い女性だ。後ろで一つにまとめた艶やかな黒髪と、小ぶりな目鼻が行儀良く並んだ顔立ちには品がある。

「あ、女将さんですか？」

「若女将の丹家円《たんげまどか》です。女将は体調を崩しておりまして、お客様にお目通りがかなわず、申しわけございません」

愛夢の質問に丁寧に答え、円はふたたび頭をさげた。一泊かぎりの客としては正直、彼女が女将だろうが若女将だろうが、あまり関係ない。質問した当人の愛夢もそうだったのだろう。あわてたように手をぱたぱた上下させて取りなしている。そんな愛夢とは対照的な円の落ち着いた所作に、葉介は圧倒された。

「フロントで宿泊者名簿へのご記入をお願いできますか？」

高くも低くもない円の声は、葉介の耳にしっくり馴染み、懐かしさすら感じる。場の空気がふわっと和み、雄高と愛夢もこの少々浮き世離れした若女将に好感を抱いたのが伝わってきた。

フロントに案内されると、雄高が真っ先にペンを取って、名簿に書き込みながら話しかける。

「ずいぶん静かですね」

「今晩のお客様は、皆様だけですから」

カウンターの中で、円は口角を上げて微笑んだ。

最後に番のまわってきた葉介が必要事項を書き終えて顔をあげると、円が手品のように拳をひらき、左右の掌《てのひら》に一つずつのった鍵を見せる。片方には白い房、もう片方には青い房のキーホルダーがついていた。

「へえ、シリンダー錠なんだ。てっきりウォード錠だと思ってた」

葉介のつぶやきに、円が目を丸くする。横で雄高が笑った。

「マニアックですみません」

葉介は鍵屋の父親を持つゆえの常識だと主張したかったが、普通は「マニアック」な発言の部類に入るのだろうと、苦笑いにとどめる。円は「シリンダー錠っていうんですね」と興味深そうに掌の上の鍵を眺めていたが、三人からの視線に気づいて可憐な笑顔を作った。

「お部屋は二組とも二階になります。北村様と萩原様は白の間、永瀬様は青の間をお使いください」

迷いなく青い房のキーホルダーがついた鍵を渡され、葉介は思わず雄高と愛夢の顔を見比べる。

二人に浮かんだ戸惑いの表情を見れば、三人ともその情報は宿側に伝えていないことがわかった。

「あの、部屋割り——こういう組み合わせだって、どうしてわかったんです？　全員の苗字が違っていたら、普通は男同士を同室にしません？」

　形のよい円の額を見つめ、葉介は尋ねてしまう。この三人で旅先の宿に泊まった経験は何度もあるが、どの宿でも最初は性別で部屋をわけられた。葉介が宿の従業員でも、無駄なクレームを避けてそうするだろう。だから、不思議だった。何も聞かないうちから、円はどうして愛夢を雄高のパートナーだと見抜いたのだろう？　旅館に入ってからずっと、愛夢は葉介の隣に立って、葉介とばかり会話していたのに。

　円は雄高と葉介に渡した鍵を見比べ、どうして——と言いよどむ。しかしすぐに、ひとさし指で自分の鼻を指さした。

「鼻が、利く？」

　葉介の言葉に、円は微笑んでうなずく。特に説明は加えない。葉介もそれ以上どう聞いていいかわからず、「そうですか」とうなずくしかなかった。

　円は足袋のこすれる音と共にカウンターを出て、葉介を見上げる。黒目の占める割合が大きいせいか、実際の寸法以上に目が大きく見える。やたら吸引力のある目だ。不思議な親しみを覚え、葉介は視線をそらすことができない。胸の奥がむずむずして、何か話したくなる。

　円はついと葉介から視線を外し、カウンター前に置かれていた愛夢のキャリーケースに向き直った。

「では、お部屋にご案内致します。お持ちする荷物は、これだけですか？」

一泊分の自分の荷物は背中のデイパックにおさめてきた葉介と雄高がそれぞれうなずくと、円はピンクのキャリーケースを軽々持ち上げ、歩きだした。柳腰の細い体に似合わぬ腕力だ。着物の裾が割れて、きれいなアキレス腱がのぞく。

「あ、持ちますよ」

三人の声が揃って追いかけた。


部屋は昔ながらの旅館の和室で、床の間と広縁がついていた。折々きちんと修繕やリフォームが施されてきたようだ。いずれの設備も、不安になるほどの老朽化は見当たらない。洗面所に隣接するトイレとシャワーにいたっては、最新のホテルにありそうな洒落たユニットバスで、逆に浮いていた。

葉介は一人になると広縁のテーブルセットに腰を落ち着け、ガラス窓から地続きのようにつながった海を眺める。木枠についたネジ式の鍵を回して窓をあけると、気持ちいい風が通っていき、潮鳴りが大きくなった。

シーズンオフの町の寂れ具合や、旅館と呼ぶには小さく地味すぎる建物を見たときは「ここで、よかったのか」と心配したが、この絶景と環境音を味わっていると、よかったんだろうと思えてくる。

「あとは、アイツのがんばり次第ってことで——」

独り言の途中であくびが出る。朝が早かった葉介は、日常から解放された旅先の心地よさのなかで目を瞑《つむ》った。

入るぞ、という太い声で目を覚ます。時計代わりのスマートフォンを確認すると、チェックインからすでに一時間が経っていた。

ドアがひらき、雄高がずかずかあがりこんでくる。〝㕝屋〟の文字が模様となってひしめく浴衣を羽織り、薄っぺらいタオルを小脇に抱えていた。

「外から声をかけてたんだけど、返事がないから——寝てたのか？」

「寝てたよ。見たらわかるでしょ」

葉介は目をこすりながら、あくびする。のんきなヤツ、と雄高は不満そうに鼻を鳴らした。

「俺なんて昨日から緊張しちゃって、一睡もしてないぞ」

「俺、部外者だもん」

言いながら、葉介の胸は少し波立つ。雄高が顔をしかめ、首を横に振った。

「部外者とか言うなよ。葉介は大事な見届け人だ」

葉介は肩を竦《すく》めて立ち上がる。あらためて雄高の出で立ちを見て、尋ねた。

「温泉行くの？」

「おう。夕飯までまだ時間があるし。葉介も入るだろ？　いっしょに行こう」

「のんきはどっちだよ」

「のんきじゃねえよ。温泉は禊《みそ》ぎのつもりだ。大事な儀式の前に、身を清めねば」

「プロポーズを〝儀式〟扱いしてんの、世界中で雄高だけだと思うなあ」

葉介は笑いながら和室に移動し、畳の隅にたたんで置かれていた浴衣を取り上げる。

「愛夢は？」

「文庫に行ったきり帰ってこない」

「ああ、例の？」

凧屋旅館に泊まりたいと希望したのは、愛夢だ。その理由が、旅館に併設された文庫だった。昭和初期くらいまでの古書が、比較的よい状態で結構な点数揃った書庫で、宿泊客は自由に閲覧できるらしい。読書好きが高じて書店員として働きながら、SNSで知り合った同好の士とオンライン読書会をひらいている愛夢らしい宿のチョイスといえた。古書にまったく興味がない葉介は、例年であれば対抗馬としてもっと有名な観光地と宿をぶつけただろう。だが、今年は愛夢の希望を素直に通した。三人が各々の大学を卒業し、揃って社会人になった年から欠かさず、年に一度の恒例行事としてきた三人旅行も、六回目の今年でさすがに最後だろうから。

「じゃ、雄高のプロポーズの成功を祈って、ひとっ風呂浴びてきますか」

葉介が軽口を叩くと、雄高は生真面目な顔でうなずいた。少年野球団のチームメイトだった頃、最終回の打席にこういう顔で入っていく雄高は、たいてい三振して帰ってきたと、葉介は思い出したが、本人には言わなかった。


今年のお盆休み、雄高に呼び出され、男二人でのんだ。二人とも同じ地元で実家住まいなのに、わざわざ東京の薄暗いバーで落ち合い、雄高が職場の上司から内々にアメリカ赴任を打診されたことを聞いた。雄高の勤める自動車メーカーでは、出世コースの王道らしい。受ければ来年の春に海を越え、少なくとも五年は戻れないという。

バーテンダーに教えてもらったそばから名前を忘れたエメラルドグリーンのカクテルを一気に

のみほし、葉介は「行くの？」と尋ねた。

「行くよ。サラリーマンだもの。栄転を逃す手はない」

「ま、普通はそうか。愛夢はどうすんの？」

「問題はソコだよ」と雄高は今までの誇らしげな表情を一変させ、ため息をついた。

「結婚してアメリカについてきてくれって、いきなりハードル高すぎん？」

「そう？　愛夢のヤツ、高校でも大学でも留学して、英語はペラペラらしいじゃん。人見知りしないし、なにげにコミュ力も高いし、アメリカ生活を謳歌するんじゃない？」

「そこはまあ、俺も心配してない」

雄高は薄いグラスに注がれたクラフトビールを口に含むと、苦い顔をした。

「問題は、書店員の仕事を奪っちゃうことだよ。だからこそ、責任取って結婚を申し込もうと思ってんだけど——男の仕事の都合に合わせてもらうってのがなあ、いつの時代の話だよって」

「今は、呼吸するようにハラスメントが生まれる時代だからね」

葉介はわざと冗談めかして言うと、雄高と同じクラフトビールを頼み、指を組んで待つ。

愛夢が雄高と付き合いだしてもう三年くらいか。葉介は頭のなかで年数を数え、交際三年目の二十八歳なら、普通は結婚を考えてもおかしくないかと納得する。

葉介にとっては、雄高も愛夢も小学校から（愛夢に至っては幼稚園から）の腐れ縁で、親の顔まで知っているご近所さんだ。特に同性の雄高とは、進路を違えてからも親しく交流をつづけてきた。私立の女子高に進んだ愛夢とは一時期疎遠になっていたものの、大学卒業後、彼女が書店員として働く店が、市役所職員となった葉介の勤務地と近かったことから再会し、雄高も交えて一気に距離を詰めた。

そう、三人で同じ歩数だけ近づき、仲良くなったはずだ。映画も遊園地もキャンプもサイクリングも登山も海水浴も、三人で予定を合わせ、計画を立てて、遊びにいったじゃないか。一体どの時点で、愛夢と雄高は友達から一歩踏み出したのだろう。葉介を置いてけぼりにしたのだろう。どちらから？　どうやって？　いわゆる馴れ初め的な詳細は、二人とも話そうとしないし、葉介も根掘り葉掘り聞くことに抵抗があって、謎のままだ。


最初のデート場所や告白のセリフあたりは、結婚式の司会者が新郎新婦の紹介かたがた暴露しそうだよなあと、葉介は大浴場の赤湯に浸かってぼんやり考える。胸のあたりが熱いような冷たいような、変な気分だ。あの二人のそういう話は聞きたくないかもと、葉介が胸の底の本音まで辿り着くと、水飛沫《みずしぶき》が勢いよく飛んできた。見れば、雄高が仁王立ちで強い水圧のシャワーを頭から浴びている。目を瞑ったその顔つきは険しい。まんべんなく筋肉のついた体は、背が少し低めであることを除けば均整が取れて、西洋の彫像みたいだ。

「ダビデ像の滝行かよ」

葉介がつぶやくと、「何？」と大声で聞き返された。葉介は面倒くさくなって、目の前の壁に貼られた温泉の説明書きを読みあげる。

「ここ、源泉百パーセントの掛け流し温泉だって」

「へえ」

「非加熱、非加水だって」

「ふうん」

「湯が赤いのは、含まれた鉄分が空気に触れて酸化してるかららしいよ」

「なるほど」

白い湯気のなかで、葉介の棒読みと雄高の生返事が交錯し、反響した。

＊

海鮮多めの旅館の夕食を、雄高達の部屋に三人で集まって食べ終わると、雄高が愛夢を散歩に誘った。宿泊先が決まったあと、雄高と葉介で練り上げてきたプロポーズ大作戦の最初の一歩だ。葉介は段取りどおり、食い過ぎて腹が痛いと仮病を使い、二人きりにして送り出す。

愛夢は文庫から借りてきた中原中也の詩集『在りし日の歌』の初版本を読みたがっていたが、雄高が押し切る形で夜の海へ向かった。

葉介は手持ち無沙汰になり、部屋を出る。もう一度温泉に浸かろうかと、タオルを首にかけて階段をおりたところで、円に出くわした。チェックインのときと同じ白地の着物だったが、今は朱色の前掛けをつけている。

「皆様のお膳は、もうさげてしまってよろしいですか？」

「あ、お願いします」

葉介の返事を聞いてにこりと会釈し、円は階段をのぼっていく。葉介はその背中を追いかけるように「あの」と呼び止めた。

「海と大浴場以外で、時間潰せそうな場所ってあります？　飲み屋とか」

「居酒屋でよければ、駅前に何軒か――でも」

円は一瞬言いよどみ、黒々とした瞳を光らせて葉介を見つめる。

「永瀬様、お酒が苦手では？」

「ええ、まあ、のめないことはないんですけどね。全身赤くなって、気持ち悪くなっちゃいがちで。体調悪いと蕁麻疹《じんましん》まで出ちゃうし、飲み会はたいていコーラです」

そこまで話して、葉介は動きを止めた。

「あれ？　俺がアルコールに弱いって、誰かが伝えてました？」

円は微笑むだけだ。葉介はチェックイン時の出来事を思い出し、咄嗟《とっさ》に自分の鼻を指さす。

「もしかして、またココ？」

円は涼しげな顔で堂々と聞き流し、落ち着いた声を響かせた。

「当旅館の文庫で読書なんていかがです？　自慢の施設なんですよ」

「文庫か」

そうつぶやいて腕組みする葉介を残し、円は階段をのぼっていってしまう。

無人のフロントの前を通り過ぎて、大きな窓に面したロビーも素通りする。そのまままっすぐいくと、下におりる短い階段が現れた。

館内案内図によると、階段をおりた先、半地下のスキップフロアが文庫らしい。天井から、切子細工の施された乳白色のレトロなランプシェードがぶらさがっている。シェードから漏れる白熱灯の光だけではまかなえない明るさは、均等に配置されたモダンなダウンライトが補っていた。正面の白い壁には古い町並みが描かれた西洋画の額縁が飾られ、額縁の真下の床には、枝物の活けられた重そうなガラスの花瓶が直置きされている。右の壁は天井まである書架で埋められ、左の壁にはロビーのものと同様の大きな窓ガラスがはまっていた。窓ガラスを囲むように、革張りのボックスソファと、木製の肘置きが付いた一人掛けソファが配置され、木のローテーブルも置かれている。

葉介は書架より先に、窓に歩み寄った。

夜なので、陽射し避けのブラインドはあがっている。よく磨かれた窓ガラス越しに、海を背負う庭園が鑑賞できた。美しく剪定《せんてい》された木々や、小さいながらも橋の架かった池が、ガーデンライトによって雰囲気よく浮かび上がっている。雄高のプロポーズ場所は、真っ暗な海よりここのほうがよかったんじゃないかと、葉介は考えた。つづいて心の問いが聞こえてくる。

——愛夢は、雄高のプロポーズを受けるだろうか？

庭園越しの海に目を移し、葉介は自分がひどく緊張していることに今さら気づく。

階段をおりてくる軽やかな足音がした。葉介が振り返ると、円は花がひらくように笑う。

「読みたい本はありました？」

返事に困る葉介の顔が、円の黒々とした瞳に映っている。胸の奥から何かが引っ張り出されるようなむず痒さを覚え、葉介は口をひらいた。

「――ちょっとアイツらのことが気になって――本どころじゃないってのが本音です」

「北村様と萩原様が？」

「はい。今頃、北村雄高が萩原愛夢にプロポーズしてるはずなんで」

「それはそれは」

さほど驚いていない様子の円をもどかしく思いつつ、葉介はうなずいた。

「アイツらが夫婦になるか、恋人のままか、友達に戻るか、下手すりゃ友達ですらなくなるか――見届けるために、俺は今夜ここにいるんです。雄高に頼まれて」

プロポーズの現場に第三者がいるなんて、普通じゃない。葉介はそう思って、最初は参加を断った。しかし、雄高が後生だからと頭をさげつづけたのだ。

――恒例の三人旅行が二人になったら、愛夢が変に思うだろ。それに正直、成功率が限りなく低いプロポーズなんだ。失敗したあと、葉介がそばにいてくれなかったら俺、耐えられねえよ。

そう言って、すでに断られたように肩を落とす雄高を振り切ることは、葉介にはできなかった。

「長い夜になりそうですね」

円は葉介にささやくと、音も立てずに書架の前に移動した。朱色の前掛けで手を拭いながら、壁づたいにゆっくり行ったり来たりする。

何往復目かで、ふいに円はしゃがみ込んだ。書架の一番下の棚から一冊の単行本を丁寧に取り出し、立ち上がる。

円が葉介に差し出したその本は、あまり日に焼けておらず状態がよかった。葉介は本のタイトルと作者名を読み上げる。

「『むすめごころ』川端康成」

「読んだことはありますか？」

「ないです、ないです」と葉介はあわてて首を横に振りながら、川端康成の代表作を必死に思い出す。

「彼の作品で読んだのは――『雪国』と『伊豆の踊子』くらいかな」

言いながら、葉介は年季の入った本をおっかなびっくり受け取った。カバーは元からないのか紛失したのか、本体の表紙が剝き出しになっている。

全体に花の模様が描かれ、真ん中に『むすめごころ』とタイトルが大きく縦書きしてある。タイトルすぐ下の作者名は横書きで、右から左へ向かって書かれていた。ずいぶん小さく細い文字で、作者名がオマケのようだ。

「女子向けの小説ですか？」

「どうしてそう思うんです？」

「表紙の雰囲気とか――花柄だし」

葉介が指さすと、たしかに花柄ですね、と円ははじめて知ったように目をみはりつつも、きっぱり言い切る。

「わたしは、永瀬様向けの小説だと思いました」

「どのへんが？」

円の目線はしばらく葉介と葉介の持つ本の間を上下していたが、やがて葉介をまっすぐ見つめてくる。

「においです」

「におい――ああ、えっと、また鼻が利いたってこと？」

自分の鼻を指さす葉介には答えず、円はつづけた。

「この本と永瀬様のにおいは、同じなのです」

「俺、古本のにおいがするってこと？」

葉介は思わず手に持った古書のにおいを嗅いでしまう。少々黴臭《かびくさ》くて、ショックを受ける。円はあわてて首を横に振った。

「そういう意味ではないのです。語弊があったら、申しわけございません」

じゃ、どういう意味よ？　と葉介が突っ込む前に、フロントのベルが鳴る。二人が帰ってきたらしい。

葉介はもう円の言葉の意味などどうでもよくなり、本を抱えてフロントに向かった。その背中を、円の落ち着いた声が追ってくる。

「眠れない夜に、読んでみてください」


フロントの前に立つ二人の距離は、微妙にひらいていた。嫌な予感がする。葉介の足が竦んだとたん、愛夢がパッとこちらに向き直った。視線が宙ではっきり交わる。その顔は表情を変えず、いたって普段どおりだ。

――プロポーズはどうなった？

声が掠《かす》れて出てこない葉介に、愛夢は「ただいまあ」と手をぶんぶんと振ってみせた。いつもと変わらない幼い仕草が、妙に生々しく感じられる。

愛夢の声に反応し、雄高も葉介のほうを向いた。その顔は不自然なくらいに赤い。

「雄高——オマエもしかして、のんできた？」

「おん。でぇも安心しれ。部屋のみもすっから。ほら、葉介の分も買ってきたしぃ」

明らかに呂律《ろれつ》のまわっていない雄高は、酒屋のロゴが入ったビニール袋を力任せに掲げてみせた。ガランガチャンと盛大に缶や瓶のぶつかる音がする。

「一体——」

言葉をのんで愛夢を見つめた葉介の後ろを通って、円がカウンターに入る。おかえりなさいませと深々と二人に頭をさげ、白い房のついた鍵を愛夢の手にのせた。

愛夢はその鍵を葉介の鼻先に突き出す。

「とりあえず、雄高を部屋まで連れていってくれる？　足腰立ってないから」

「三人で部屋のみすっぞ」とうわごとのようにくり返す雄高の背中をぽんぽんと二回叩き、愛夢は「早く」と葉介に目配せした。

葉介が今にも崩れ落ちそうな雄高に肩を貸すと、円がフロントから出てくる。そして雄高が持っていた酒の入ったビニール袋を取り上げ、軽々と運んでくれた。

部屋のドアをあけると、布団がいつのまにか敷かれていた。雄高はそこをめがけてダイブし、そのまま寝てしまう。自分より十キロ近く重い雄高の体を引きずるように運んできた葉介も、同じように倒れたかったが我慢した。円が酒を置いて去るのを待って、部屋の入口から頑《かたく》なに動こうとしなかった愛夢に振り返る。意を決して尋ねた。

「プロポーズ、断ったの？」

「保留した」

「ほりゅう？」

愛夢の言葉をそのままくり返す葉介に対し、愛夢は挑戦的な眼差しを向ける。

「考えたいことがあったから、返事を待ってもらったの」

「それはまあ、そうか。愛夢にだって仕事とか人生設計とか、あるもんな」

葉介が納得すると、愛夢は子どもっぽい仕草で前髪を引っ張りながら、上目遣いにじっと見つめてくる。

「葉介に確認したいこともあったしね」

「俺？」

葉介はぎくりと体を強ばらせ、傍らで伸びている雄高を見た。すかさず愛夢に気持ちを言い当てられる。

「雄高の近くでこの話をつづけるのが落ち着かないなら、葉介の部屋に移動しようか？」

「――そうしよう」

葉介は低い声で答え、雄高の眉間《みけん》に寄ったままのしわを眺めた。

葉介の部屋に入ると、愛夢は部屋を見渡すこともせず、敷かれた布団の上に躊躇《ちゅうちょ》なく腰をおろした。ストレートデニムに包まれた足を崩し、持ってきたビニール袋から缶チューハイを取りだし、葉介にはペットボトルのコーラを手渡してくれる。

ありがとうと受け取ったなりゆきで、葉介は愛夢の向かいに腰をおろした。酒がのめたらよかったと、今日ほど思った日はない。

「愛夢はのまなかったの？」

「のんだよ。雄高と同じくらい。だから今、フワフワしてる」

そう言いつつ、愛夢の顔色はいたって普段どおりだ。そういえば長い付き合いの中、愛夢の酔った姿は見たことがない。のむ量を適度にセーブしているのだとばかり思っていたが、どうやら単に酒に強かったらしい。

コーラのキャップを回したとたん、炭酸が噴きだした。葉介はあわてて口から迎えにいき、ついでのように口火を切る。

「好きな仕事を辞めるとか、けっこうデカい決心がいるよな」

うーん、と首をひねり、愛夢は崩していた膝を立てて体育座りになった。

「ソコは特に問題じゃないんだよね、実は」

「そうなの？」

「うん。書店員の仕事は、二番目にやりたかったことだからさ」

「一番は？」

「アメリカで暮らすこと」

「そうなの？」とまた同じ言葉で驚きを口にする葉介に、愛夢は「そうだよお」と変な節をつけて笑ってみせた。

「高校と大学で経験したホームステイだけじゃ全然物足りなくて、私はもっと〝生活〟がしたかったんだよね。で、どうしたらアメリカで暮らせるかなって考えて、就職活動でアメリカの企業や日本企業のアメリカ支社の採用試験をたくさん受けた。でも、ことごとく落とされちゃってさ。切り替えて、日本で好きな本にかかわれる仕事に就いたんだ」

知らなかったでしょう、といたずらっぽく聞かれ、葉介はうなずくしかない。愛夢はぷうと頬をふくらませたかと思うとすぐにしぼませ、つぶやいた。

「雄高も知らない。私が言ってないからね」

沈黙ができる。波音が聞こえる。愛夢は缶チューハイの缶を、はじめてコップを使う幼子のように両手で持って潰した。

気まずさに耐えかねて、葉介が口をひらく。

「だったら、ちょうどいいじゃん」

「雄高からのプロポーズにのっかれよ、って？」

思いがけずきつい眼差しで睨《にら》まれ、葉介は息をのむ。視線をそらせずにいるあいだに、愛夢の目が潤んだような光を放ちはじめた。

「葉介は、本当にそれでいいの？」

「何だよ？　確認したいことって、ソレ？　いいも何も――付き合ってる男女が、結婚にコマを進めるのは普通じゃね？　周りがとやかく言うことじゃないだろ」

「普通か」

そう言って唇を噛んだ愛夢は、次の瞬間、肩を揺らして笑いだした。

「あー、なつかし。幼稚園のときも私、葉介から同じこと言われたわ」

「何？」

「覚えてないんだ？　年中組さんのとき、私が葉介と遊びたくて誘ったら、〝男の子は男の子と遊ぶほうが、普通でしょ。だから僕はシュウちゃんと遊ぶ。愛夢ちゃんは女の子と遊びなよ〟って、〝普通〟を葵のご紋みたいにふりかざされたよ」

シュウちゃん。二十年ぶりに聞く名前だ。葉介の脳裏に、いがぐり坊主の男児の顔がぼんやり浮かんだ。

「うわ。今の世の中なら、完全アウトな発言だよな」

「あの頃の世の中ではセーフだったとしても、私は傷ついた。嘘をつかれた気がしたからね」

「嘘って何だよ——でも、その節はごめん」

愛夢が今夜のんだ酒量を思い出し、葉介は頭をさげておく。愛夢はそんな葉介に見せつけるように、二缶目のチューハイをごくごくとのんだ。

「それにさ、世の中の価値観や常識なんて、時代と共にどんどん変わるよ。葉介の〝普通じゃない〟は今、みんなにとって案外〝普通〟かもよ」

「何ソレ？　どういうこと？　禅問答か」

軽口を叩く葉介を一瞥《いちべつ》すると、愛夢はチューハイの缶を片手に持ちかえ、ふらつくこともなく立ち上がる。

「私、そろそろ部屋に戻るわ。お酒の袋は、とりあえずこの部屋に置かしといて」

「いいけど」

愛夢は布団をことさら踏み荒らしてドアまで直進すると、ノブを握る前に一度振り返った。

「明日チェックアウトするまでには、雄高に返事しようと思う」

だから、と少し言いよどんだあと、愛夢は一気にしゃべる。

「葉介もそれまでに覚悟決めて、動くなら動いてね」

「何の覚悟だよ？」

葉介は笑ったが、愛夢はにこりともせず「嘘はナシでよろしく」と幼い仕草で敬礼し、ドアの向こうに姿を消した。

＊

翌朝、葉介が朝食をとるため食堂へ降りると、雄高と愛夢は既に食べ終え、お茶をのんでいるところだった。

葉介の姿を認めると、雄高は愛夢との会話を切り上げ、早足で近付いて来る。

「悪い、葉介。チェックアウトの時間まで一人にしていいか？」

「別に構わないけど」

片手で拝むような仕草をしたまま、雄高は目線だけで愛夢を示した。

「愛夢が、〝もう一回海に行こう〟って」

「――おう。プロポーズ大作戦のつづきだな」

「やっぱりそうだよな。〝二人で行こう〟って言われたし。あー、よかった。〝一旦、考えさせて〟って、体のいい断り文句だと思ってたからさ」

昨夜はかなり落ち込んでいた雄高だが、二日酔いの気配も見せず、明るく笑った。単純なヤツめと苦笑いしつつ、葉介はふと心配になる。

——明日チェックアウトするまでには、雄高に返事しようと思う。

愛夢はそう言っていた。「プロポーズを受けようと思う」とは言っていなかった。一晩考えた末の「ごめんなさい」は、さらに傷つくぞ。とどめをさすようなもんだぞ。葉介は横目で愛夢を見る。愛夢は幼子のようにポカンと口をあけて、食堂の壁に掛けられた、誰が描いたかわからない書画を見上げていた。その完全に気を抜いた横顔に、葉介は軽く苛立《いらだ》ちを覚える。

「あれ？　葉介、目赤いな。寝不足か？」

こちらものんきに雄高が尋ねてきた。葉介は低く唸《うな》り、「俺のことはいいから」と犬を追い払うように手を振った。

雄高と愛夢が連れ立って食堂を出ていくのと入れ違いに、おはようございますと円が配膳に入ってくれる。

鮎の塩焼き、厚焼き玉子、里芋と舞茸と小松菜が入った具だくさんの味噌汁、海苔、胡瓜と茄子の漬け物と、いかにも旅館の朝食らしいメニューの並んだ折敷《おしき》が前に置かれた。

いただきますと手を合わせ、葉介は厚焼き玉子を箸で切る。力がこもりすぎたのか、玉子が少し崩れる。葉介はふと、自分がひどく腹を立てていることに気づいた。気づいてしまうと、余計に手が震えてくる。箸を落としそうになったところ、脇からすっと白い掌が現れて箸を受け止め、茶碗の上に揃えて戻してくれた。

目をあげると、急須を持った円がそばに立っている。今日は目にやさしい鶯色《うぐいすいろ》の着物で、朱色の前掛けは昨日と同じものだった。

「お茶、おつぎしましょうか」

「――あ、はい、じゃあ」と湯呑みを持とうとする葉介を制し、円は置かれたままの湯呑みの上で急須をかたむける。湯気と共に香ばしいにおいが立ちこめ、濃い茶褐色のお茶がつがれた。

「ほうじ茶です」

「いただきます」

そう応じた手前、のむしかなくなる。葉介は猫舌を隠して、長く持っていられないほど熱い湯呑みを傾けた。

辛さと間違うほどの熱さで、たちまち舌先の感覚が遠のいていく。円の黒目がちな目にのぞきこまれ、その瞳に映った自分を眺めているうちに、ふわりと言葉が浮かんできた。


私は取り殘された寂しさといふよりも、行手を塞がれた悲しみを感じる。


文庫から借りた『むすめごころ』内の一文だ。実は雄高に指摘されたとおり、葉介は寝不足だった。愛夢を見送ったあとうまく寝付けず、何気なく本を手に取ったが最後、表題作だけでなく、他の短編も何作か一気に読んでしまって朝を迎えたのだ。

「お借りした本、読みましたよ。あの本に捺《お》されてた蔵書印って――」

葉介は本の持ち主と旅館との関係を聞こうとしたが、円に遮られてしまう。

「いかがでした？」

「あ、ええ、さらさらと読みやすいわりに案外、文章が頭にこびりつきますね。名文って、そういうもんなんですかね」

「たとえば？」

「――私は取り残された寂しさというよりも、行手を塞がれた悲しみを感じる」

葉介の暗誦を、円は全神経を耳に集中させて聴き入っている。葉介は途中で恥ずかしくなり、声が小さくなった。

「後悔のにおいがする文章ですね」

円が睫毛《まつげ》を伏せたまま、静かに言う。葉介はギクリとした自分に混乱した。円の指摘は、川端康成の文章についてだ。なのに、どうしたのだろう。葉介は自分の心を見抜かれた気がした。動揺を悟られないよう、葉介は漬け物をばりぼりとことさら音を立てて噛み、ほうじ茶をのむ。また舌を火傷した。


一泊旅行の帰りの荷造りなんて、あってないようなものだ。入れてきた最低限の荷物を、手早くデイパックに戻して、葉介の荷造りは早々に完了した。

雄高と愛夢はしばらく戻ってきそうにないし、一人で先にチェックアウトするわけにもいかない。葉介は布団を片付けた部屋の畳の上で、しばらく大の字になっていた。昨夜はほとんど寝ていないのだから、窓の外の波音を聞いているうちに眠くなりそうなものだが、意識は冴え冴えとし、思考はぐるぐる回るばかり。たまらず寝返りを打つと、ローテーブルの上にのせたままだった本が目にとまった。

——返しにいくか。

葉介はわざと時間をかけて起き上がり、本を抱えて部屋を出る。

フロントに辿り着く前に、廊下の曲がり角で円と出くわした。本を、と葉介が言いかけるとすぐに通じたらしく、円は文庫のある方角を示す。勝手に棚に戻しておけということか。葉介は会釈して文庫に向かった。

書棚に囲まれたフロアへの短い階段をおりると、やはり庭園をのぞむ大きな窓が最初に目につく。まだ陽射しは届いていない。暗く静かな文庫は、より広く感じられた。葉介は黄ばんだ本を別の手に持ち替え、窓に背を向ける形で書棚を端から見ていく。どうやら本は、著者名の五十音順で並んでいるようだ。

葉介はア行から見ていき、すぐにカ行の川端康成に行き着いた。『浅草紅団』や『伊豆の踊子』をはじめとする著作物が、幅を取って並んでいる。『むすめごころ』に捺されていた蔵書印を思い出し、葉介は何冊か手に取って調べてみた。すべてに同じ蔵書印が捺されている。

——海老澤《えびさわ》文庫。

たしか若女将の苗字は丹家だった。旅館の屋号は凧屋。どちらも海老澤とは関係なさそうだ。この文庫の本は、常連客などから寄贈されたものなんだろうか。

「海老澤って、たしか——」

葉介が独りごちながら『むすめごころ』をしまおうとしていると、誰かが文庫に入ってきた。

カチャカチャと食器の触れる音が微かに聞こえる。

階段に顔を向けた葉介と目が合ったのは、円だ。足を止め、手に持ったお盆を掲げてみせた。

「永瀬様、お時間あるようでしたら、私といっしょにお茶でもいかがでしょう？」

「おはぎを茶請けに、コーヒーをのむんですか？」

葉介がお盆の上のコーヒーカップとおはぎを見比べると、円は少し声を大きくする。

「ええ。コーヒーには和菓子もよく合うんです。それに、今日は秋のお彼岸ですし」

言われてみれば、そうだ。葉介は実家住まいながら、両親とは生活時間帯をわざとずらしているため、すっかり縁遠くなった季節行事を思い出した。

ぽってりと分厚い豆皿にのったおはぎは、なかなか魅力的だ。葉介の表情を注意深く見つめていた円が頬をゆるめる。

「永瀬様も甘党でよかった」

「〝も〟ってことは、女将さんも？」

「大好きです」

うっすら頬を染めてうなずく表情に、親近感がわいた。

「もしかしてこのおはぎ、女将さんの手作り？」

「いえいえ、プロの作品です。町一番の和菓子屋さんが届けてくれました。わたしはお菓子もお料理も作るのは苦手で——もっぱら味わう係です」

「へー。意外だな」

そう言って葉介は円を見つめる。顔立ちも装いも、大和撫子《やまとなでしこ》という言葉がしっくり馴染む円だ。

着物に前掛けをして厨房で包丁を握っている姿は、容易に想像できた。

葉介の視線から逃げるようについと肩をずらし、円は窓を見やる。

「昔からわたしのおやつは祖母が作ってくれてたんですが――」

円はそこで言葉を切り、葉介も何となく察してそれ以上は聞かずに、円に促されるままボックスソファに腰掛けた。

「失礼します」と少し距離をあけて、円も同じボックスソファに座ると、袂《たもと》に手を添えながら、葉介の前に豆皿とコーヒーカップとソーサー、それにミルクピッチャーと角砂糖の小瓶を手際よく並べてくれる。素焼きのコーヒーカップからは深い香りが漂い、おはぎの餡は粒を揃えて艶々とかがやいていた。質のいい素材――つまりけっして安くないもの――だとわかって、葉介は急に不安になる。

「あの、こんなにサービスしてもらっちゃっていいんですか？」

「あながちサービスとも言えないのです」

え、と絶句する葉介をいたずらっぽい目で眺め、円はきれいな指でローテーブルの上に置かれた本を指さした。葉介が書架に戻しそびれた『むすめごころ』だ。

「わたしがコーヒーと甘いものを提供する代わりに、お客様から本のお話を聞かせてもらいたくてひらくお茶会だったりします」

「本の――話」

葉介の視線をかわすように、円はコーヒーカップを傾けた。白くて細い喉がかすかに動く。しばらく目をとじてコーヒーの味と香りを味わっているようだったが、鼻から大きく息を吐くと、黒目がちな目をひらいて微笑んだ。

「わたし、本が読めないんです」

「えっと、それはどういう――」

言葉選びに迷っている葉介を申しわけなさそうに見つめ、円は豆皿の丸いふちを軽く撫でる。

「説明が難しいのですが、文字が読めないわけじゃありません。生活に支障が出たことはないです。ただ、なぜか本になると読めなくなります。においがどうにも――」

円は眉を下げ、ソファの正面の壁一面に並ぶ書架を指さした。葉介は自分と『むすめごころ』は同じにおいがすると、円に指摘されたことを思い出す。

「臭《くさ》いってこと？」

「いえ、ちょっと違いますね。どちらかというと、においが強い。玉ねぎを切ったときみたいな刺激が襲ってくる感じです」

「ああ。鼻がツンとして、涙が出てくるような」

「それです。まるきりそんな具合になるので、わたしは本が読めません。本を長くひらいていられないんです」

「そんなこと――」

あるのか？　と葉介は疑問形で返したかったが、円の次の言葉を聞いてやめた。

「こんな立派な文庫を構える旅館の若女将が、一冊も読んでいないなんて職務怠慢ですよね。祖母は、すべて読み尽くしたっていうのに」

狭いなで肩が悄然《しょうぜん》と落ちている。読みたくても読めないというのは、本当なのだ。

とにかくにおいに敏感な人なんだなと、自分の中で納得できる言い換えにして、葉介は円の言葉を一旦信じることにした。

「だから、女将さんは文庫にある本の内容を、一冊でも多く知りたいんですね」

「はい。曾祖父が生きていた頃は、彼が朗読してくれました。ですが、なにぶん小さかったもので理解が追いつかず。大きくなってからは、祖母に仕事の合間に朗読してもらったり、本の内容について話してもらったりしていましたが――」

具合が悪い女将とは、どうやら円の祖母らしい。葉介は円が濁した言葉を頭の中で補完し、おはぎを頬ばる。餅米のもっちりした噛み応えと、餡のひかえめな甘さが絶妙だ。おはぎを最後まで咀嚼《そしやく》してから口に含むコーヒーの苦みが、またいいアクセントになっていた。

「わかりました。コーヒーとおはぎのお礼に話しますよ、『むすめごころ』のこと。あくまで、俺の個人的感想ですけど」

葉介の言葉に、円は瞳をかがやかせて「お願いします」とうなずいた。


『むすめごころ』はそのタイトルどおり、若い女性の心のうちを描いた作品だ。語り手は女学校を出たばかりの咲子。彼女によって、学生時代からの親友静子と、咲子とは旧知の仲である青年武との三人の関係が語られる。

葉介は本をひらいて、何気なく補足した。

「中扉にあるタイトルの横には、〝咲子の手記〟って副題が添えられてます」

「わざわざ?」

「そうなんです。というのもこの小説、咲子から静子に送られた手紙を、静子の遠縁にあたるおじさんが紹介する形になってるんです。一人称が咲子であることに変わりはないんだから、俺はなんだかまどろっこしく感じました」

円は黙って、葉介の次の言葉を待っている。葉介は緊張しながら説明をつづけた。

そもそも咲子と武は結婚には支障がない程度の〝**血のつながり**〟があり、だからこそ、ゆくゆく結ばれるのがごく自然であると、周囲も本人達も思っていた。いわば、きれいに整地された道を、ゴールに向かって神輿《みこし》で担がれていく交際期間が用意されていたのだ。そんな誰にも反対されない安定した関係は、咲子の〝**突然閃いた神の啓示**〟という名の気まぐれのもとに揺らぎだす。なんと咲子みずから、武と静子をくっつけるべく、奔走しはじめたのだ。

「咲子さんは、武さんのことが好きではなかったのでしょうか？」

「いえ、好きですよ。ここにも書いてあります。〝**私は武さんを見てゐると、欲しいものはなんにもなくなつてしまふ。したいことはなんにもなくなつてしまふ。古里に帰つた思ひとは、こんな氣持ちのことだらう**〟って」

「安心しきってますね」

円の感想に、葉介は我が意を得たりとうなずいた。

「二人で家庭を築き、子を育て、老いて、死んでいくまでの日々が容易に想像できすぎて、退屈だったんでしょう。贅沢な話ですよ。普通が一番なのに」

「普通？」

円は小首をかしげる。その仕草を見ていたら、葉介の口が勝手に動いていた。

「ええ。たとえば俺の両親、二十歳離れた年の差夫婦です。当人達は仲良くやってて、年齢なんて問題にしてないのかもしれない。でも、普通じゃない。そのしわ寄せは、いつも息子の俺にきました」

学生時代、並んでいると父と娘にしか見えない両親のせいで、祖父にしか見えない父のせいで、葉介は何度からかわれたかわからない。愛夢の話に出てきたシュウちゃんと疎遠になったのも、幼稚園の運動会で父の外見を笑われたせいだ。母が父の財産目当てで結婚したかのように「親父さんの鍵屋、儲かってるの？」と聞かれたことも少なくない。同年代の子どもだけじゃない。その父兄達まで冗談めかして似たようなことを言ってくるのは、悲しかった。年の差夫婦って、普通はそう見られるのだと思い知った。

「だから俺は、何につけても普通が一番だと思ってます。どんなに退屈でもね」

「普通」

円がもう一度同じ言葉を口にする。今度は語尾を上げずにつぶやいた。

葉介は居心地が悪くなって、本に目を落とす。そう、普通が一番だと信じて生きてきた。打たれる杭や悪目立ちする個性派より普通や平凡と言われるほうが、葉介は気が楽だった。その信じ方は、しかしどこか盲目的でいびつだった気もする。大きな荷物を背負って、細い線からはみ出さないように歩いているつらさと苦さが、葉介には常にあった。はみ出たところにある景色を見る勇気がなかったのは、ひとえに幼い頃からの体験で刻まれた、普通でない者が受ける視線への不快感と恐怖のせいだろう。

「食堂で聞いたところの他に、印象に残った文章はありました？」

不意打ちのような円の質問に、葉介の反応は遅れ、つい正直に、気になるページをめくってしまう。目当ての文章が飛び込んでくる。

「〝**私はまるで私が武さんであるかのやうに、あなたを可愛いいと思ふ。だつて、女同志の間に、あんな愛情を懐くなら、私は立派な罪人だ**〟」

読み上げてから、何で俺はここを、と後悔した。使われた〝**罪人**〟という言葉が、葉介の座りを悪くする。それを誤魔化すように、葉介はことさら軽い口調になった。

「ほらね。普通から逃げて恋心をこじらせ、こんなことを思っちゃってる」

「案外、これが咲子さんの本心だったりしませんか？」

「それは、ない」

円の目がまん丸になったことで、葉介は自分の声が大きすぎたことに気づく。しかし構ってはいられない。必死でページをめくり、咲子の恋心が普通である証拠を探そうとした。

「ほら、たとえばここ。咲子が自分と静子をくっつけようとしていることに気づいた武が不満を表明して、咲子に求婚した時にこう返してます。〝**結婚するのがこはいほど、あなたが好きなの、結婚しなくつてもいいほど、もう安心し切つてるの**〟って。静子を武に引き合わす回数が増えるにつれて、咲子は一人で武に会いにくくなっていくし、絶対、咲子の好きな人は武なんですよ。普通に考えて」

〝**私あなたと結婚するくらゐなら、もつと嫌ひな人と結婚するわ**〟と武に向かって宣言し、希望通り二人を結婚させた咲子は、夫婦となって絆を育み、着実に家庭を作っていく彼らを目の当たりにし、特に妻としてのふるまいが板に付いた静子の言動に、ショックを受ける。三人のうち二人が恋愛関係になったあとも、自分を交えた三人の友人関係の均衡は崩れないと信じ切っていたのだろうか？　すべて御膳立てしておきながら寂しがって泣くなんて、なんと浅はかで愚かな〝**むすめごころ**〟だろうと、葉介は胸が痛むより先に腹が立った。

「咲子の心情って、俺にはまったく理解できません。女心ってのは、普通こういうもんなんですか？」

厄介だな、と目の前に女性がいることをすっかり忘れてつぶやく葉介に対し、円は特に気を悪くした様子もなく、のんびり答えた。

「わかりません。〝普通〟は、人の数だけありますから」

ハッとする葉介を目の隅にとどめ、それにとつづける。

「そもそも咲子さんの心情って、川端康成という男性作家の手によって描かれているんですよね」

「はあ」

「作家は異性の気持ちくらい、たやすく推し量れるのかもしれません。だけども私、思うんです。川端さんは、男心も女心も実はあまり違いがないってことを知っていたからこそ、女心を書きされたのかもしれないって」

「違いがないなんてこと、あるのかな」

「少なくとも共通していることはあるでしょう。たとえば――自分の心がわからないという厄介事は、女性だけでなく男性にだって起こりうる、とか」

円はそう言うと、コーヒーカップを片手で持ち、一口のんだ。桜色の爪が上品に揃っている。

ふたたび口をひらく。

「咲子さんは静子さんのことが大好きで、大切で、女学校の大親友という親密な関係のまま、ずっといっしょにいたかった。だから自分が武さんと恋愛や結婚をすることで静子さんとの関係が変わってしまう可能性を自ら潰し、また一方で卒業後に静子さんが自身の人生を歩んで自分の前から去ってしまわぬよう、自分の目が届く身近な武さんとくっつけたように、私は捉えました」

「その解釈だと、咲子自身が〝**罪人**〟と称していた感情を抱いていたことになりませんか？　それはちょっと――」

「普通じゃない、ですか？」

――世の中の価値観や常識なんて、時代と共にどんどん変わるよ。葉介の〝普通じゃない〟は今、みんなにとって案外〝普通〟かもよ。

愛夢の言葉がよみがえる。葉介の体は細かく震えた。

「普通――」

蚊の鳴くような声がさらに尻すぼみになる葉介を、円が見る。その視線から逃れ、葉介はカップの底に黒い輪となって残るコーヒーを見つめた。何度頭を振っても、円との会話のなかで気づかされ、どんどん確信に近付いていく真実を、追い払うことはできない。

「――女将さん、俺ら三人のこれまでの日々を、どこかでこっそり見てました？」

円は小首をかしげ、おはぎを口に入れる。咀嚼するたび、細い顎《あご》から耳にかけての輪郭線がくっきり浮かび上がった。

「俺、咲子でしたよ」

思いきって口に出すと、驚くほどしっくりきた。

「雄高が好きで、ヤツのそばにずっといたくて、一番の友達でいたくて——でも学校も進路も違ってるのに無理やりいっしょにいるって、ちょっと普通じゃないでしょ。他ならぬ雄高にキモがられたら、立ち直れないじゃないですか。だから適度に距離を取ってたんですけど、やっぱりつまんなかったんですよね。他の友達じゃ雄高の代わりにならないっていうか」

ひょんな再会から、二人のあいだに愛夢が入ってきてくれたとき、葉介は心底嬉しかった。社会人になって激減したプライベートな時間を、葉介にばかり割いてくれなくなっていた雄高も、愛夢を交えた三人の会合にはすすんで参加してくれたからだ。その理由は、ほどなく雄高と愛夢が付き合いはじめたことで明らかとなったが、葉介の予想に反して、二人は恋人になってからも葉介と三人で遊ぶことが多かった。愛夢がそれを強く望んだと聞いている。おかげで葉介は恋愛関係にある男女が進む普通のステップを忘れていることができ、執行猶予のような日々がつづいてきた。今日までは。

「雄高のプロポーズが成功したら、あの二人は夫婦になる。考え方も遊び方も変わっていくでしょう。おのずと三人の交友の形も変わるでしょう。だから俺は今〝**取り残された寂しさというよりも、行手を塞がれた悲しみを感じる**〟咲子です」

葉介は自分の思いを正直に吐き出してから、口調を強めた。

「男女問わず同性にこういう感情を抱く人がいることは、もちろん知っています。その自由が、今の世の中的に認められつつあるってこともわかります。ただ風潮がどうあれ、そういう人は数的に少数派ですよね。それだと俺はやっぱり、どうしても、普通じゃないって思っちゃいます。

俺の周りも普通じゃないって思うだろうと怯《おび》えちゃいます。だから――できれば、この感情には気づきたくなかったですよ」

勢い余って八つ当たりめいた愚痴を円に投げてしまい、葉介は反省する。円は静かに微笑んだまま、ローテーブルの上の本を手に取った。表情を変えることなく、表紙を眺めている。葉介の無遠慮な視線に気づいたのか、円は鶯色の着物の裾を揃えて、正面の書棚を見据えながら言った。

「この本と永瀬様が共にまとっていたにおいは――永遠だったんですね」

「永遠――」

「はい。大好きな同性の友人との近しい関係を、永遠に形を変えず保ちたいという願い。憧れ。強い渇望」

葉介の視線が円から本に移ったタイミングで、円はふたたび口をひらく。

「タイトルの横にわざわざ添えられた〝咲子の手記〟という副題。そして、咲子さんから静子さんに送られた手紙を、静子さんの遠縁のおじさんが公開したという形で書かれた小説。永瀬様もおっしゃっておられたそのまどろっこしさは、わたしはこれを書いた作者の川端さんにも、同様の憧れや渇望があったからではないかと想像します」

私にも覚えがありますしね、とこともなげに付け足し、円は涼しげに笑った。

「人は変わる生き物ゆえ、その種の永遠を願わぬ人はいないのではないでしょうか？」

「そうかな。普通は――」

「私の普通と、永瀬様の普通は、きっと違うのでしょう」

すっきりと言い切った円の言葉は、あたたかかった。葉介は円を見つめ、うわずった声でさっき彼女から聞いたばかりの言葉をくり返す。

「〝普通〟は、人の数だけあるから」

「そういうことです」

円が大きくうなずいてくれたとき、玄関の引戸のひらく音がした。つづいて、男女の声が雪崩《なだれ》込んでくる。

葉介は弾かれたように立ち上がった。考えるより先に体が動いた。気まずくなって円を振り向けば、すでにお盆を持って腰をあげている。まるでこのタイミングがわかっていたように、ミルクピッチャーや角砂糖の小瓶まできちんと片付けてあった。

「行きましょう。二人をお迎えしなければ」

円のたおやかな声に背中を押され、葉介はフロントへ向かう。

＊

フロントの前に立つ雄高は、何とも複雑な顔をしていた。一方、愛夢のほうは清々しい表情で、葉介を見つけると「ただいまー」と手をぶんぶん振り回す。

——プロポーズの返事は、イエス？　ノー？　どっちだったんだ？

葉介は困惑したまま、二人の前に立つ。何て声をかけてよいかわからず、口ごもっていると、愛夢がピースサインを出して言った。

「私、雄高といっしょにアメリカ行くから」

葉介は自分が今どんな表情をしているのか、わからない。それでも、愛夢の眼差しや昨日彼女とした禅問答のような会話から、彼女が早い段階で、葉介自身よりもよほど深く葉介の〝むすめごころ〟を察していたことはわかった。

だから、葉介は口角がちゃんと上がっていることをたしかめて、笑う。

「ってことは、プロポーズ成功か。おめでとう。やったな、雄高」

「早とちりしないで。結婚はしないよ。少なくともこのタイミングでは、まだ」

は？　と口をあけた葉介の肩に、雄高が荒々しく腕をかける。

「そういうこと。愛夢はあくまでも恋人として、ついてくるらしい」

「私から書店員の仕事を奪う責任を取って結婚って、いつの時代の話？　そもそも私はアメリカで暮らすという夢を叶えるチャンスをもらって、雄高に感謝してるんだよ。責任を取る必要なんてない」

「渡航費や滞在費は自分の貯金でまかないつつ、向こうで仕事を探すんだよな？」

雄高の補足に、愛夢は「そっ」と軽くうなずいて言った。

「だからしばらくは、このままの関係でお願いします」

愛夢が雄高に頭をさげると、雄高は「わかった、わかった」と観念した様子でうなずいた。葉介の肩に置いたままの腕にはしっかり筋肉がつき、重い。

「雄高はそれでいいの？」

葉介の問いに、雄高は頭を掻いた。

「〝本当に私と結婚したいの？　そばにいるだけじゃダメ？〟って愛夢に聞かれて、俺、答えられなかった。だから、二人の関係や愛夢についてもうちょっとよく考えてみる意味でも、愛夢の希望に沿おうかなって」

惚《ほう》けたように黙っている葉介に、愛夢が笑いかける。

「アメリカに遊びに来てよ、葉介。これからも、三人で遊ぼう」

葉介は愛夢を見る。たとえ他人がその関係をどれほど奇異に感じても、自分は〝普通〟にして生きていきたいという意思が伝わってきた。刹那的なその意志こそ、愛夢の〝むすめごころ〟なのかもしれない。葉介はうなずき、精一杯嘘のない返事をした。

「ああ、行けたらな」

円に鍵をもらって、雄高と愛夢は荷造りに部屋に戻り、フロントには葉介と円が残される。だいぶ日が高くなって、庭園に面したロビーの窓から射した光が、絨毯《じゅうたん》を白く象《かたど》っていた。

「あ、本。『むすめごころ』が文庫のテーブルに置きっ放しだ」

あわてて引き返そうとする葉介を、カウンターの中で精算の準備をはじめていた円が制する。

「かまいませんよ。皆様のチェックアウト後、わたしが書架に戻しておきます」

ありがとうと素直に頭をさげ、葉介は円のつむじに視線を置いたまま尋ねた。

「いつか、俺も自分の〝普通〟に自信を持てますかね」

円は夜中の湖のような静けさを瞳に宿して、葉介を見返す。無責任な返事はしない主義らしい。葉介が決まり悪くなって「じゃあ、俺も荷物取ってきます」と部屋に戻ろうとすると、高くも低くもないちょうどいい声がかかった。

「永瀬様、また是非鳳屋にいらしてください。三人でなくても」

葉介は思わず振り向く。フロントのカウンターで両手をきちんと揃え、深々とお辞儀をする円は、すべての人の〝普通〟の幸せを認めて祈る神官のように見えた。

二冊目

その旅館の門をくぐると、ウグイスの鳴き声がした。

声の主を探して足を止めた妻の則子《のりこ》には気づかず、夫はキャリーケースを引いてすたすたと進んでいく。玄関に着いて、後ろから則子がついてきていないことを知れば、躊躇《ちゅうちょ》せず大声で名前を呼ぶだろう。則子はウグイス探しをやめて、足を速めた。

客室が四つしかない旅館だとは夫から聞いていたが、なるほど、建物も小さい。せいぜい広めの古民家といったところか。『凧屋《たこや》』と屋号の入ったのれんがかかる玄関もこぢんまりとしていた。

「昔ばなしだったら、山姥《やまんば》が待ち受けていそうな宿だな」

眼鏡に手をかけた夫が、特に声を低めるでもなく言い放つ。旅館の関係者が聞いたらさぞ不愉快だろうと、則子は聞こえないふりをした。

夫は気づいていないようだが、門から玄関までの石畳にはきちんと水が打ってあり、遠目で見るかぎり庭園の植栽もしっかり手入れされている様子だ。建物の壁や土塀の塗りを見れば、適切な頻度で修理や補強がなされているのも明らかだった。

則子は小さな宿に好感を抱いて、引戸を横に滑らせる。すると、薄桃色の着物をまとい、髪を結い上げた若い女性が、玄関の上《あ》がり框《がまち》に膝をついて出迎えてくれていた。

「芦原《あしはら》様、凧屋旅館へ、ようこそいらっしゃいました。若女将の丹家円と申します」

高くも低くもない落ち着いた声が響く。お辞儀を終えてあげた顔は、旅館同様こぢんまりと整っており、きれいな額の形と瞳の面積が大きいつぶらな目がとりわけ印象に残った。

「いやあ、なかなか静かでいいところですね」

若女将の丁寧な出迎えを受けて、自分の軽口を反省したのだろうか。夫はフロントへ向かいながら、褒め言葉をすすんで口にした。

「昔はこの辺りに、文豪達の別荘がたくさんあったとか」

「ええ。みなさん、避暑や静養のためにいらっしゃっていたと聞いております。わたしの曾祖父は幼い頃、散歩中の芥川さんと話したことがあるとか」

「芥川龍之介ですか。そりゃすごい」と自称元文学青年の夫は身を乗り出す。

「こちらの文庫にある本も、この地に縁《ゆかり》のある作家の著作ばかりで？」

「いえ、そういうわけではありません。蔵書印を見るかぎり、元は海老澤様という御方《おかた》の本だったようです。どういう経緯で曾祖父が譲り受けることになったのか、今となっては誰もわからないんですけれど」

「へえ。常連客の寄贈本かな」

円は軽く会釈してカウンターに入り、宿泊者名簿を差し出した。

「芦原様は、ウチの文庫をご存知なんですね」

「高校の文芸部で一緒だったヤツから教えてもらいました。知る人ぞ知るマニアックな旅館だって」

夫は「マニアック」という単語を純粋な褒め言葉として用い、ずっと来たかったんですよと、上機嫌でペンを走らせはじめる。

「則子の静養にうってつけの宿を取ったぞ」と夫が珍しく自分で宿や交通手段の手筈《てはず》を整えたことを思い出し、則子は苦笑いを浮かべた。

――結局、自分がこの旅館に来たかったわけね。

ふと目をあげると、カウンターのなかで微笑んでいる円と目が合ってしまう。則子は自分の顔に浮かんでいた苦笑いをあわてて愛想笑いに変えた。ウグイスの声がまた聞こえる。すると間髪を容れず、円が黒々とした瞳を光らせて則子に告げた。

「ウグイスは、海に向かって右から三本目の庭園の松によくとまっていますよ」

「えっ」

思わず口をおさえて驚く則子に、円は赤い房のついた鍵を手渡す。

「芦原様のお部屋は、一階の朱の間となります」

「あ――はい」

則子は掌《てのひら》にのった鍵の重みを味わいつつ、とらえどころのない若女将の顔をぼんやり眺めた。

円がみずから二人分の荷物が入ったキャリーケースを軽々と持って、朱の間まで案内してくれる。夫婦だけになると、夫は眼鏡を光らせ、広縁や床の間のある立派な和室をひととおり見てまわりながら言った。

「ずいぶん若い女将だったな」

「若女将と名乗ってましたよ。女将は別にいらっしゃるんじゃ？」

「ウチの娘より年下じゃないか」

則子の意見は聞かず、夫は一方的に話をつづける。「ウチの娘」は、今年二十七だ。関西の住宅メーカーに就職したのを機に家を出ていったきり、気ままな一人暮らしをつづけていた。

「ウチの娘より百倍しっかりしてたな」と娘が聞いたら気を悪くする余計な一言を付け足し、夫は部屋のチェックを終える。テーブルに用意された饅頭とお茶には手をつけず、「せっかくだから、一番風呂をいただこう」と慌ただしく浴衣に着替えて、大浴場へ行ってしまった。

他に宿泊客はいないと円が言っていたし、観光の予定も特にない一泊旅行なのだから、まずは部屋でゆっくりすればいいのにと則子は思うが、一言意見されると、三倍の量の言葉で自身の正当性を主張するのが夫だ。黙って送り出した。

大浴場から戻ってきた夫がすぐのめるよう、駅前の酒屋で買ってきた缶ビールをミニ冷蔵庫に入れ、電気ポットの湯も一応沸かしておく。品のよい一口饅頭がおいしそうに見えたが、二種類の味が各一個ずつしか置いていなかったので、夫に先に選ばせようと手をつけずにおく。ここまでしておけば、夫は風呂上がりのいい気分のままでいられるだろう。手持ち無沙汰になった則子は、鳴きつづけるウグイスに誘われ、庭園へと足を運んだ。

凧屋旅館の庭園はしっかりと作り込まれていた。専門の業者を入れているのだろう。青い芝が足元に広がり、松、桜、梅、楓、椿といった季節を感じさせてくれる木々が満遍なく植えられている。真ん中には鯉とめだかと亀の泳ぐ小さな池が、端には手作りらしい花壇があった。チューリップ、アネモネ、フリージア、アイスランドポピーなど、春の花がカラフルで明るい花弁を揺らしている。

則子は円に教えられたとおり、海に向かって右から三本目の松を探した。緑がかった褐色のずんぐりした鳥が、枝にとまっている。果たして、ウグイスだろうか？　則子の疑問に答えるように、鳥はホーホケキョと高らかに鳴いて飛び立つ。

「ウグイスって、あんな色の鳥なのね」とひとりごちたところ、すぐ後ろで声がした。

「ウグイスの声はご存知でも、姿を見たことのない方が大勢いらっしゃいますよね」

首をかしげるようにして立っていたのは円だ。日の光の下で会うと、薄桃色の着物には上質な光沢が見られ、円の肌は白く、こぼれるほどの潤いがあった。

則子はとっさに目をそらし、小声でつぶやく。

「私はもっと鮮やかな緑色の鳥だとばかり」

「おそらく、メジロと混同されているんでしょう。メジロはウグイス餡の色をした鳥なので」

ウグイス餡と言われ、則子はイメージしていた鳥を思い出す。たしかに目の周りが白かった。メジロだったのか。

視界の隅で、ミニバンが旅館の駐車場に入っていく。飛び込みの客だろうか？　無意識に追いかけた則子の視線を遮るように、円の顔が視界に入ってくる。

「では、ゆっくりお過ごしください」

そう言い残し、円は足早に庭園を出ていった。

則子がなんとなく見送っていると、円はそのまま駐車場にまわったようだ。則子は気になって、駐車場が見えるところまで移動する。駐車場では円の他に、ひょろりと細長い立ち姿の老紳士の姿もあった。

ミニバンのバックドアがひらく。エプロンをつけた介護士らしきスタッフが走ってきてスロープを用意し、車椅子にのった老婦人を降ろした。老婦人はもともと小柄な体をさらに丸め、ちんまり座っている。銀髪のボブヘアが日に透けて、きらきら輝いていた。

円はスタッフに丁寧なお辞儀をしてから、老婦人に二言三言話しかける。声は則子のところまでは聞こえてこない。老婦人の反応も、円の影になって見えない。やがて、老紳士が車椅子を押し、円も付き添ってどこかへ去っていった。どうやら日常的に介護の必要な者が、円の身内にいるらしい。

則子は覗き見をしたことが急に恥ずかしくなり、逃げるように自分の部屋に戻った。

＊

海が近い町なので、部屋に運ばれた夕飯は、魚介類を使った料理が多かった。

新タマネギを擦り込んだ鍋で食べた鯛のしゃぶしゃぶを、則子はスマートフォンで写真に撮る。家でも真似したくて隠し味を探っていると、夫が聞いてきた。

「新タマネギ、うまいよなあ。好物か？」

則子は「そうね」とうなずき、スマートフォンを傍らに置く。新タマネギは別に則子の好物ではない。食卓にのぼると、夫の機嫌がよくなる、つまり彼の好物だった。

わたしの好物って何かしら、と則子は考える。もともと好き嫌いがなかったことに加え、結婚してからは家族の好みやリクエストを聞きつつ、栄養を優先して献立を作ってきたから、今さら個人的な好物として挙げるものが、すぐには思いつかなかった。

「良性のポリープでよかったな。はい、快気祝いの乾杯」

夫の乾杯の音頭で、我に返る。則子がグラスを持つ前に、夫は勝手にビールを注ぎ、手酌した自分のグラスを軽くぶつけた。ごくごくとビールを一気のみした顔は、ずいぶん赤い。息も荒くなっているらしく眼鏡が曇っていた。ふだんはビール一杯で酔う人ではないから、湯あたりしているのかもしれない。そんなことを考えながら、則子は形ばかりビールに口をつけておく。いくつになっても、この苦さには慣れない。ビールが好物でないことは、明らかだ。

「結局、温泉には何回入ったの？」

「着いてすぐの一回だろ。則子が昼寝している間に一回。夕食前に則子と行った一回。計三回だな」

夫は眼鏡を曇らせたまま得意げに指を三本突き出し、元は取ったぞと笑った。

「寝る前にもう一回入ってくるかな。それとも、さっき文庫で借りた本を布団で読んで、そのまま寝ちゃおうか――」

赤い頬をてらてら光らせて、夫は幸せそうに迷っている。お目当ての文庫に早速寄ってきたらしく、床の間に小さな古書が置かれていた。

則子の視線を追って、夫が勢い込む。

「泉鏡花の『湯島詣』だよ。春陽堂文庫のバージョンがあったんだ」

「そう」

「ひょっとして――泉鏡花も知らないのか？」

「名前は知ってる。けど、お話は読んだことないわ」

則子が正直に答えると、夫は急にしらけた顔になり、二杯目のビールを自分のグラスにだけついだ。


夫は、食後の計画のどちらも果たすことができなかった。

二杯目のビールを空にして三十分も経たないうちに「寒い」と訴え、ガタガタ震えだしたのだ。則子は一人で二人分の皿を重ねて片付け、ゴミをまとめて、重いテーブルをどうにか部屋の隅に押しやると、空いたスペースに布団を敷いてやった。

救急車を呼ぶほどじゃないと夫が言い張るので、スマートフォンで夜間外来のある近くの病院を探していたところに、円が食事の片付けと布団を敷くために現れた。

部屋の隅に片付けられたテーブルや食器類、部屋の中央で二人分の掛け布団をかぶってもなお震えの止まらない夫をざっと見回し、円は「少々お待ちを」と部屋を出ていってしまう。そして三分も経たぬうちに、ジェル状の冷却シート持参で戻ってきた。

「ひとまずこれを、ご主人様の脇の下とおでこに」

則子は言われるがまま、夫に冷却シートを貼る。後ろから円の声がつづいた。

「あとで、氷枕も持ってきましょう。母屋にあるはずです」

「ありがとうございます」

則子のうわずったお礼の言葉を聞き、円は則子の肩に手を置いた。

「ウチがかかりつけにしている内科の先生がいますので、すぐに往診をお願いしておきます。腕のたしかな町のお医者さんです。セカンドオピニオンが必要であれば、明日の朝一番でここから一番近い市民病院にお送りします」

「そこまで――」

していただかなくても、と言いそうになり、則子はあわてて口を閉じる。母親として学校や地域のコミュニティに参加した十数年間を経ても、生来の人見知りは直らず、相変わらず人付き合いが苦手なままだ。親切にされると身構えてしまう。

しかし、円が置いたままの手から伝わるほのかな温《ぬく》みが、則子の強ばっていた肩をほぐし、怯《おび》えて凍りがちな態度を溶かした。

「ありがとうございます」

則子がぎくしゃくと声を振り絞ると、円はにっこり笑った。

すぐに駆けつけてくれた医師は、ものの五分で診察を終え、「風邪ですね」とあっさり診断を下した。温泉に入りすぎたのでしょうと言葉がつづく。夫は安心と不満の入り混じった顔をしていたが、口答えをする元気はない。処方された解熱剤をのむと、医師の予想どおりすぐに眠りにつき、大量の汗をかいて明け方目覚め、円が旅館で通常使っている浴衣とは別に用意してくれたパジャマに着替えたあと、また寝た。

則子のほうは夫の唸《うな》り声やいびきがいつもより気になって、夢うつつの一晩を過ごし、睡眠不足を感じながら六時に起床した。夫の額が熱くないことをたしかめてから、物音を立てぬよう手早く身支度し、大浴場へ向かう。本当は寝る前にもう一度入るつもりでいたので、夕食前の入浴では髪を洗っていなかった。

大中小でいうと、小寄りの中といった規模の爪屋旅館の大浴場は、白い湯気が立ちこめている。乾きかけていた床石に、かけ湯で濡れた則子の足跡が点々と残された。洗い場はきれいに片付いており、風呂椅子も手桶も裏返して重ねられている。人の気配はなく、水滴のたれる音がどこまでも響いた。

則子はゆっくり深呼吸して、鏡の前に移動する。二人分の洗い場をのびのびと使わせてもらい、身も心もさっぱりした。髪は二度洗った。子どもを産んでからも夫の好むロングヘアをつづけていたが、その夫から「髪が長いと白髪が目立つ」と指摘され、十五年前に小学生以来となるボブカットにした。それから、肩より下には伸ばしていない。洗うのも乾かすのも楽で助かっている。もっと短くしたい気もするが、勇気が出なかった。

最後に湯船に浸かって天然温泉の湯を堪能しつつ、タイルの壁に描かれた富士山を眺めた。この大浴場の壁の外には、小さな露天風呂も付いている。客の要望に応える形で、あとから増築したのだろう。露天風呂から地続きで目の前に広がる海は絶景だと、昨夜具合の悪くなる前に、夫が話していた。ちがいないと則子も思う。しかし、自身が露天風呂に入るつもりはない。下腹部に残った手術跡を指でなぞりつつ、則子は大きく息を吐いて、目を瞑《つむ》った。

則子が大浴場から戻って二十分ほどして目を覚ました夫は、熱もだいぶ下がり、すっきりした顔をしていた。

朝食は食堂でとることになっていたが、円が気を利かせて部屋まで運んで来てくれる。しかも、夫の分は白米がお粥になっていた。

その気遣いに礼を言って、則子が膳を受け取る。枕元に持っていくと、夫はあわてて眼鏡をかけて起き上がった。

「自分で食えるよ」と木の匙を持ってみせる。

「何よりです」

則子より先に円が拍手し、親切な提案をくれた。

「今日はゆっくりお布団の中で過ごしてください。幸い他のお客様の宿泊の予約も入っておりませんし、チェックアウトの時間は無視してかまいません」

「しかし――」

「風邪はぶり返すと長引きますから。夕方まで平熱であれば、安心です。チェックアウトはその後でかまいませんよ」

やさしい口調でありながら、円は一歩も退かない。娘に諭されている気持ちになったのだろう。夫は目をそらし、すっかり薄くなった生え際をさかんに掻いた。

「これじゃ則子の静養で来たのか、俺の療養で来たのか、わからんな」

「静養？」

「妻は三ヶ月ほど前に卵巣腫瘍の手術を受けましてね。幸い良性だったんで、今回は快気祝いをかねての旅なんですよ」

小首をかしげる円に、夫はお粥を冷ましがてら打ち明ける。旅の御膳立てはすべて自分がしたと、得意げに付け加えるのも忘れなかった。

そうでしたかと円はうなずき、則子の方へ体を向ける。

「では則子様も今日は一日、ゆっくり御自身をいたわってあげてください」

「いたわる――」

途方に暮れてつぶやく則子に、円はうなずいてみせる。

「観光する場所も少ない町ですが、のんびり散歩でもなさってきてはいかがでしょう？　旅館には私を含め従業員がおりますので、ご主人様のことはおまかせください」

え、と意外そうな声をあげたのは夫だ。

「散歩なんて余計疲れないか？　一人で出掛けてもつまらんだろう」

「一人では外食もできないヤツなんです」と円に説明している夫の声を聞きながら、則子は自分が散歩をしたいのかしたくないのか、よくわからなくなる。

――やっぱり、私も部屋でゆっくりしておこうかしら。

則子がそう口にしかけたとき、円が催眠術を解くようにパンと手を叩いた。

「ではぜひ、はじめてのおひとり様ランチを楽しんでください。この町は、古いけどおいしい喫茶店が多いんです。お客様も女性のおひとり様が結構いらっしゃるので、居心地いいですよ。店内が嫌なら、ホットドッグやナポリタンをテイクアウトして、海辺で食べるのもアリです。トンビにさえ気をつければ、爽快ですから」

「はあ――」

「さ、則子様。御自身の好きなようにお過ごしください。この旅は本来、あなた様の静養が目的だったのですから」

その一言で場の空気が変わり、流れが決まる。則子は夫の目を見ずに、頭をさげた。

「――それじゃ、ちょっといってきます」


外出の支度をととのえた則子は、円に一声かけてから行こうと、フロントに寄る。ところが、いつまで経っても出てこない。辺りを見回すと、ロビーのさらに奥で、結い上げた髪と白いうなじの後ろ姿がチラリと見えた。則子は迷わずそちらへ向かう。

ロビーを突っ切ると、短い階段とその先に広がる半地下のフロアが見えてきた。館内案内図すらろくに見ていない則子は、そこが文庫であることを、実際に行って大きな書棚を目の前にするまで気づかなかった。

階段正面に置かれた大きなガラスの花瓶に、円が黄色い花を活けている。

「女将さん」

則子が呼びかけると、円は振り向き、ほんの少し鼻を上向かせたあと、にっこり笑った。その自然な笑顔と花々のみずみずしさにつられて、表情筋のかたい則子もつい微笑んでしまう。

「あの、昨夜から主人のことでいろいろと世話になって――」

謝罪とお礼のどちらを先に述べたらいいか迷って口ごもる則子に、円が言う。

「素敵なトレンチコートですね。よくお似合いです」

「え、あ、ええ、ありがとうございます」

則子はぎこちなく頭をさげた。女将業ってすごいと心から尊敬する。それとも、こんなふうに自然と他人をいい気分にさせられる気質だから、女将業が務まるのか？　いずれにせよ、これ以上褒められても決まり悪いと、則子は自分から口をひらいた。

「素敵なフリージア、ですね」

我ながらぎこちない。空々しい。言葉に気持ちがのっていない。言わなきゃよかったと後悔する。気を遣って褒めて、逆に相手を不快にさせてしまうことが、これまで何度もあった。「お母さんって、コミュ障だよね」と高校生だった娘に言われたとき、怒ったり悲しんだりするより先に、なるほど、自分にぴったりの言葉だと、感心してしまったことを思い出す。

円は則子の棒読みを気にした様子もなく、パッと顔をかがやかせた。

「則子様はお花に詳しいんですね」

「詳しいというか――仕事なので」

則子は花屋のパートを二十年近くつづけてきたことを話す。くるくると表情を変える円の大きな黒い瞳を見ていると、口下手な則子からも言葉が勝手にこぼれていった。初対面に等しい相手に、ここまでプライベートなことを打ち明けるのは初めてだ。

「病気になってから五ヶ月近く休職してるので、復帰できるか微妙ですけれど」

無意識にため息をついていた。五十七歳の病み上がりに務まるパート仕事を、またイチから探すのは気が滅入る。子どもは自立してくれたが、六十歳を迎えた夫が会社に必要とされるのもあと数年と考えると、この先の人生に自分で稼ぐ手段がなくなるのは不安だった。

円の視線に気づき、則子はあわてて頭をさげる。

「お仕事のお邪魔をして申しわけありませんでした。今から出掛けて参りますので、留守中の主人をよろしく頼みます。それじゃ——」

「あ、則子様。待ってください」

逃げ去るように背を向けた則子を、円が呼び止める。則子が振り返ると、円が壁沿いの書棚から迷いなく取りだした一冊を持って、駆け寄ってきた。

「この本をお持ちください」

「あ、主人ならもう、自分で読みたい本を文庫から借りて枕元に——」

いいえ、と円はきっぱり首を横に振る。

「これは、則子様の外出のお供をする本です。荷物がちょっと重くなっちゃいますが」

則子は差し出された本をしげしげと眺めた。黄ばんだ函に入った古い本だ。単行本の大きさなので、ポケットに入れていくなんて気軽さもなく、円の言うとおり重そうだった。第一、則子は若い頃から小説を日常的に読む類いの人間ではない。

「ずいぶん年代物で、貴重そうな本だから——」

「古いは古いです。でも取り扱いは、気にしなくてだいじょうぶです。本は読まれるためにあるのですから」

やんわり断ったつもりが、鷹揚に流されてしまう。もう逃げ場がない。読むしかない。昨夜の恩もあるしと、則子は覚悟を決めて本を受け取った。函に書かれたタイトルと著者名を読み上げる。

「『春は馬車に乗って』——横光利一」

「お読みになったことは？」

「ないです」

横光利一という作家名も、則子は知らなかった。学校の授業で習ったかもしれないが、学生時代の記憶そのものがだいぶ薄れている。夫のしらけた顔がよみがえり、則子は早口で付け加えた。

「ごめんなさいね。私は小説に疎くて、主人からいつも呆れられてます」

「わたしも読んだことないんです」

円がつづけた言葉に、則子は「は？」と目の前の広くて形のいい額を見つめてしまう。円はうっすらと頬を染めてつづけた。

「わたしは本が読めない体質でして――だから、『春は馬車に乗って』がどんなお話だったか、則子様からうかがえたら大変ありがたいのです」

「あらすじくらい、今はネットにいくらでも――」

「顔の見えない匿名の人物ではなく、お客様の口から聞きたくて」

堂々と頼んでくる。「本が読めない体質」とは何だろうか。にわかには信じがたいが、本当に病の類いであったら詳細を聞くのも憚《はばか》られる。則子はしぶしぶ本をショルダーバッグに入れた。

「わかりました。散歩中に読む時間があれば」

「きっとありますよ」

当たり前のように請け合い、円はいってらっしゃいませと腰を折った。印伝の帯を巻いた細い腰のどこに、ここまでの胆力があるのか、則子は知りたい。

重さの増したショルダーバッグのベルトが、トレンチコートの肩に食い込んだ。

古い避暑地は今、古めかしい高級住宅地になっているようだ。人の往来がほとんどない、松の木が多く植わった路地をぶらぶら歩きながら、則子はそれぞれの家の途方もない広さや見るからにお金のかかっている意匠に感心した。

――こういう町で暮らす人生もあるのね。

*

ここから片道一時間半ほどのところにある、自分の住む町をつい思い浮かべてしまう。近くに海も山もないが、県道沿いに広々とした駐車場を有するスーパーとショッピングモールと飲食チェーン店が揃い、駅前には銀行と役所と病院が集まっている。広い道も店舗も似たような構成の家族連れであふれ、朝から晩まで活気があった。勤め先がある都心まで電車で一時間、乗換なしで行けることから、「便利そうだ」と夫が選んだ町だった。

そこに小さな建売住宅を購入し、子どもを育て、暮らしてきた。たしかに不便だと思ったことは、一度もない。ただ愛着を持ったこともまた、一度もなかった。ひっきりなしに店舗や住人の入れ替わる町は、地元というには借り物感が強すぎる。

住宅購入に際して組んだ三十五年ローンの返済は、娘が大学を出た年に繰り上げで済ませ、今は間近に迫った老後に向け、細々と貯金をつづけている。

その老後をこんな海辺の町で過ごす想像を試みたが、則子の頭の中で映像がうまく動かなかった。パートの仕事すら失いかけている自分には身分不相応なんだろうと、早々に諦める。

浮き世離れした住宅ばかり見物することにも飽きて、則子は駅まで出てみたが、春先の平日、通勤通学の時間からずれた午前中のせいか、駅前もさして賑わっていなかった。

そもそも駅前の規模が小さすぎる。オモチャのようなタクシー乗り場があるくらいで、コンビニもバスターミナルもない。駅から伸びるのは入り組んだ細い路地ばかりだから、バスみたいな大きな車体は走れないのだろう。だからこその閑静な住宅街なのかもしれない。

則子は何もない駅前から早々に離れて、路地のなかでも幾分太めの道に足を踏み入れてみる。看板が並び、どうやら商店街になっているようだった。午前十時を過ぎているのに、シャッターがしまったままの店が多く目につく。お休みなのか閉店してしまったのかわからないまま、則子は歩きつづけた。雰囲気のよさそうな喫茶店が何軒か営業していたが、則子のお腹は旅館の朝食で満たされ、今はまだ入る気になれない。このままだと散歩なんてすぐに終わってしまいそうと考えた矢先、足が止まる。

文字どおり、花と目が合った。

則子は一歩退いて、いかめしい木の看板を仰ぎ見る。『奥野《おくの》造園《ぞうえん》』と達筆な筆文字が躍っていた。視線を下げると、道端にアクリル板の小さな看板が出ている。そこには『Ｆｌｏｗｅｒ　Ｓｈｏｐ　ＯＫＵＮＯ』と洒落た筆記体で店名が綴られていた。

ショーウィンドウ越しにもわかる花々の華やかな彩りに誘われ、則子は店のなかに入ってみる。

内装は間違いなく花屋だった。棚や椅子をうまく使って客の視線を誘導し、切り花や寄せ植えが美しく見えるよう飾られている。観葉植物もゴムの木やパキラといった定番物から珍しいユーフォルビア・バルサミフェラやフィカス・シャングリラまで揃っていた。レジの近くに置かれたブーケや花束を見れば、店主にセンスと植物への深い愛情があることはすぐにわかる。

「いらっしゃいませ」と奥から現れたのは、クマのような体型の髭面の男性だった。一見年齢不詳だが、肌つややエプロンの下の私服を見るかぎり、まだ若者らしい。

「店長——さんですか？」

則子は思わず聞いてしまう。想像していた店主像と違いすぎて、めまいがした。

「あ、はい。フラワーショップのほうの店長をしてる、奥野慧《さとし》です。ていうか、そもそもスタッフが僕一人なんですけど」

そう言って笑うと、慧は気のいいクマのような仕草で髭をザリザリと掻いた。

「奥野造園は、父の奥野亨《とおる》が社長をしてます。今日は造園と花、どちらの用事で？」

「花です」

見てるだけです、とは言えずに答えてしまってから、則子はひらめく。

——そうだ。お世話になったお礼に、女将さんに花束を贈ろう。

文庫で花を活けていた円の姿を思い出し、迷惑にはならないはずだと意を強くした。

「春の花束、お願いできますか？　ちょっとしたお礼用なんで、あまり大袈裟でないものを」

「できますよ。花束は一つで？」

そう聞かれ、夫の顔がよぎる。反射的に、則子は「二つ」とピースサインを作った。

則子が伝える贈る相手のイメージや花束の色や形の希望を聞きながら、慧が作ってくれた花束は、則子の予想をはるかに超えてかわいらしく春らしい作品に仕上がっていた。そして値段は予想よりずいぶん安かった。

「いいんですか」とレジで思わず聞いてしまう。慧はお釣りを渡しながら、気さくに聞き返してきた。

「お客さんの勤め先なら、いくらします？」

「え――」

「同業者さんですよね？　花束のオーダーの仕方が的確だったんで、すぐわかりました」

にこやかに看破され、則子は動揺する。

「すみません。別に偵察とかそういうのじゃないですから。本当に。今は私、休職してて、いえ、花屋はもう半分辞めたようなもので――」

首をかしげる慧にそれ以上長々と境遇を説明するのも憚られ、則子は頭をさげた。

「とにかく、不快にさせてしまったのなら、ごめんなさい。でも、あの、花束、本当に気に入りました。すごく素敵で――その、ありがとうございました」

言いたいことをどうにか伝え、逃げるように店を飛び出す。呼び止められた気もしたが、そのまま早足で進みながら、動悸がおさまるのを待った。

「コミュ障乙《おつ》」

いつか目にしたネットスラングなるものを口にしてみる。若者の間ではもうとっくに死語かもしれない。でも今の則子の気持ちにピッタリ寄り添い、自己嫌悪になる一歩手前で自分を笑い飛ばせる魔法の言葉だった。

花束があると、則子はショーウィンドウなどに映る自分の姿が気になる。邪気のない花達にふさわしい人間に見えているか、気になるのだと思う。まして今日は小さいとはいえ二つも花束を持っている。則子は下腹部を引っ込め、姿勢を正して歩いた。

信号待ちのついでに、則子はまた近くの建物の大きな窓を見てしまう。どこかでウグイスの鳴き声がした。こんな町中にいるの？　ときょろきょろしていたら突然、後頭部をはたかれたような衝撃が走る。

「え」

あわてて周りを見たが、人影はない。一体何が起こったのかと、後頭部に手を持っていきかけたとき、頭上でカラスが鳴いた。則子の手が止まる。嫌な予感がした。

則子は屈み込むようにして、大きめの窓に映った自分をのぞきこむ。もう花束どころではない。姿勢のよしあしなんてどうでもいい。後頭部の状態だけわかれば。そんな必死さが滲み出ていたのか、店内にいた女性がこちらに気づいて視線を寄越す。則子と同年代くらいのその女性は目をみひらき、則子をさかんに手招きした。

『美容室マミイ』と書かれた看板を確認すると、則子は夢遊病者のような足取りで扉を押した。扉についた鈴がカランカランとカウベルみたいな音をたてる。

「やられたねえ」

則子の顔より先に頭を見た店主らしき女性は、開口一番同情してくれた。流行のメイクをしても真っ赤なフレアスカートを穿いても「年甲斐もなく」とはならないところに、現役美容師として客の美の一端を担っている者の自負を感じる。

「はい──カラスの仕業です。ウグイスならまだマシだったのに」

ショックさめやらぬ則子が口走った言葉を聞き流し、女性は「さっさと洗っちゃおう」と一台しかないシャンプー台を示した。則子はありがたく思いながらも、遠慮がちに店内を見回してしまう。

二つの鏡の前に置かれた二脚の美容椅子には、誰も座っていなかった。つまり客はいなかった。店の規模と混み具合からいって、ここは彼女が一人で切り盛りしている美容室なのだろう。普通の住宅の一階をあとから店舗に改築したらしく、電球のレトロなシェードや衝立にかかったクリーニング店のハンガーやアニメキャラクターのシールが貼られたカラーボックスなど其処此処《そここ》に、家庭の生活感がこびりついていた。

「すみません。洗髪代は払いますので」

消え入りそうな声で言って、則子はしょんぼりシャンプー台へ進む。美容師は流れるような所作で花束とショルダーバッグを受け取って棚に起き、トレンチコートを脱がせてハンガーに吊してくれた。

「でも髪に命中しただけあって、他はいっさい汚れてないわ。花束も無事。コートもワンピースもきれいなまま。ラッキーだったね」

どこが？　と聞き返したくなる。快気祝いの旅先で、頭に鳥の糞が落ちてきたのだ。幸先悪すぎると表情を暗くした則子は仰向けに寝かされ、顔にフェイスガーゼをのせられた。

目を瞑って視覚を閉ざすと、嗅覚が活発に働きだす。シャンプーやトリートメントあるいは整髪剤から構成される美容室のにおいに、則子の呼吸は深くなった。

「すみません。お仕事中に」

「次の予約は夕方だから、ヒマしてたのよ。気にしないで」

フェイスガーゼ越しなので、美容師の顔は見えない。則子は勇気を振り絞って、今思いついたことを口にする。

「だったら――白髪を染めてもらう時間もありますか？」

生え際のあたりに密集した白髪が、ずっと気になっていたのだ。本当は旅行前に染めたかったが、いきつけの美容院では予約が取れなかった。

「ええ。ウチはかまわないけど、二時間以上かかりますよ。お時間だいじょうぶ？」

則子は時計を確認するまでもなくうなずく。髪を洗うだけで帰れば、正午過ぎには宿に着いてしまう。それでは少し、早すぎる気がした。かといって町のことはよく知らず、行ってみたいところも特にない。知らない町の美容院で時間を潰せれば、ちょうどいいイベントになるだろう。

木綿子《ゆうこ》と名乗った美容師は、則子の髪の色を丹念に調べてから、カラー剤を調合してくれた。

「少し明るめにしたらどうかしら？」

木綿子のそんな提案に、則子は思いきってのってみる。二十年以上通っている地元の美容室では、「いつもの感じで」の一言ですべてが進むので、新鮮な気持ちだ。美容室での仕上がりをわくわく待つなんて、学生時代ぶりかもしれない。

「じゃあ、このまま少し時間を置きますね」

カラー剤が垂れてこないようヘアキャップとタオルで厳重に則子の髪を包んでから、木綿子は真っ茶色に染まったゴム手袋を外した。そのまま店内の片隅にある本棚代わりのカラーボックスの前まで歩いていき、雑誌を物色してくれる。

「ファッション誌がいいかしら？　それともレシピ本やグルメ雑誌のほうがお好み？」

「あ――すみません。私、ショルダーバッグのなかに読みたい本があって」

則子は円から託された本を思い出し、老眼鏡ともども木綿子に取ってきてもらった。黄ばんだ函に入った本を手に持つと、木綿子は「あら」と首をかしげる。

「もしかしてお客さん、爪屋さんに泊まってる？」

「ええ。それは爪屋旅館の文庫で借りた本です」

「やっぱり。こんな古書、なかなか持ち歩いてる人いないもの」

木綿子は、私って案外読書家なのよと朗らかに語った。

「文庫の本は宿泊客が館内で読むことしかできないんだけど、私は昔から女将さんの髪をやってあげてたからさ。読みたい本があると、特別に貸してもらってたんだ」

「そうですか。私も女将さんから〝散歩のお供に〟ってすすめていただいて」

別に読みたい本ではなかったけど、と心の中だけで付け足す。木綿子が変な顔をするので、心の声が漏れたかと心配したが、そうではなかった。

「それ、今日の話？　女将さんはとっくに引退してるでしょう？」

「引退？」

どうにも話が嚙み合わない。木綿子が先に「ああ」と手を打った。

「お客さんの言ってる〝女将さん〟って、円ちゃんのことね」

「ええ――あ、そういえば、若女将だと名乗られていました」

「そうよ。釟屋旅館の女将は今も円ちゃんのおばあちゃん、三千子《みちこ》さんのはずだもの」

言い切ると、木綿子は寂しげに肩をすくめる。

「前はよくご主人の悟《さとる》さんが三千子さんの乗った車椅子を押して、この前の道を歩いていくのを見かけたけど、この頃は三千子さん、デイサービスに行かれる日が増えたみたいでめっきり――悟さんはお寂しいでしょうね。仲のいいご夫婦だったから」

則子は昨日、ミニバンから降りてきた車椅子の小柄な老婦人と、彼女を円といっしょに出迎えていた老紳士の二人を思い出す。三千子さんと悟さんだろうか。

「仲のいいご夫婦――」

「ええ、ええ、そりゃもう。悟さんがベタ惚れでねえ」

打って変わって軽い調子で応じると、木綿子は『春は馬車に乗って』を鏡の前に置いて、衝立《ついたて》の向こうに去っていった。母屋のほうで休憩するのだろう。店内がいきなり静かになる。

「仲のいいご夫婦」

則子は小さな声でもう一度つぶやく。函から本を取りだし、表紙をひらく。老眼鏡をかけ、円への恩返しのつもりで、小さな文字を懸命に追いかけていった。

表題作の短編を読み終えて老眼鏡を外し、顔をあげたところに、ちょうど木綿子がやってくる。則子の髪の染まり具合を入念に確認し、木綿子はぽんと手を叩いた。

「それじゃ、洗い流しましょうか」

はい、とうなずき、則子はふたたびシャンプー台に向かう。椅子の背もたれが倒れ、フェイスガーゼをかけられたところで、「あの」と声をあげた。

「時間があれば、もう一つお願いしたいことが」

*

春の午後の陽射しを背中に受けて、則子は凧屋旅館に戻ってくる。門をくぐったものの、まっすぐ玄関に向かう気にはなれず、石畳を踏んで庭園にまわりこんだ。

まずは海に向かって右から三本目の松を確認する。ウグイスの姿はなかった。

誰もいないと思っていたら、花壇からにょっきり立ち上がる人影があって、則子は驚く。向こうも則子の出現は不意打ちだったようで、あわてて腰を折って会釈した。その顔を見て、則子は「あ」と声をあげる。昨日、円といっしょに車椅子の老婦人を出迎えていた老紳士だ。年季の入ったつば広の麦わら帽子と園芸用グローブをつけ、だいぶくたびれた格好だが、目を三日月のように細くして笑う顔には品があった。

「ご宿泊の芦原様ですね。こんな格好でのご挨拶となり恐縮ですが、当旅館主人の丹家悟と申します。このたびは、お連れ様の体調が戻られて何よりでした」

「あ、ありがとうございます」

ぎくしゃくと頭をさげ返した則子の目が、花壇の一角に釘付けになる。そこには希少種ゆえなかなか勤め先の店に入荷しなかった八重咲きのアネモネが咲いていた。

「アンアリス――」

則子がくすんだピンク色の花を指してつぶやくと、悟の目が少しみひらかれた。視線が則子の抱えた二つの花束に注がれ、その目はまた細くなる。

「お詳しいですね」

「花屋のパートを長くつづけてきたもので」

そうでしたかと悟は大きくうなずき、麦わら帽子を取って、だいぶ薄くなった髪を掻き分けた。

「僕は庭師の三男坊でして、もともと花が好きなんです。兄が継いだ実家が造園だけでなく花屋の商売もはじめたんで、ウチの旅館でもずいぶん世話になってますよ。このアンアリスも、実家の花屋から鉢植えで買ったものを分球しまして――」

そこでいったん言葉を切り、悟は恥ずかしそうに則子の花束を指さす。

「お客様がお寄りになった『Ｆｌｏｗｅｒ　Ｓｈｏｐ　ＯＫＵＮＯ』が、僕の実家です。兄の孫の慧が店長をしてます」

毎度ありがとうございましたと頭をさげられ、則子はクマのような体型の髭面の店長を思い出した。目の前の悟とは体型も顔立ちもまるで似ていないが、人見知りの激しい則子でも話せる、まあるい雰囲気は同じだ。そしてその雰囲気は、悟の孫にあたる若女将の円にもしっかり受け継がれている気がする。

「では、ご主人は女将さんと結婚して、旅館業に？」

「そうです。僕は凧屋に婿入りしたわけです」

悟は穏やかにうなずき、三日月の目を波のほとんど立っていない海に向けた。遠い昔を思い出しているのだろうか。花屋のパートをクビになりかけ、新しい仕事を探さねばならない身として、則子の口から同情の言葉が飛び出す。

「勝手のわからない仕事に就くのは、大変だったんじゃないですか?」

「ええまあ。だけど、一人じゃないですから。女将と二人だったから、どうにかやってこられました」

スコップを振って土を落としながら、悟はそう語った。穏やかな口調の裏に、三千子と生きるためなら、仕事も変えるし、婿に入る決断もあっさり下せる強い愛を感じる。木綿子の言う「本当に仲のいいご夫婦」は真実の姿だと、則子は納得した。

「女将さん、素敵な方なんでしょうね。まだお会いできてませんが」

則子がつぶやくと、悟は三日月の目を崩さず、申し訳ありませんと謝った。

「女将は五年前より認知症を患っておりまして――今はとてもお客様にお会いできる状態ではないのです」

則子は言葉を失う。年齢を考えればありえる病名だが、昨日覗き見した老婦人の横顔はしっかりしており、客商売から退く必要があるようには見えなかった。ただ身内からすれば、健やかな頃とは何もかもが明らかに違ってしまっているのだろう。

「そうでしたか――何も知らず、失礼しました」

則子がどうにか声を振り絞ると、悟はにこやかに首を横に振った。

「いえいえ、ありがとうございます。きみに会いたがっていたお客様がいらっしゃったよと、女将に伝えます。喜びます、きっと」

悟はふたたび海を見る。独り言のような言葉がつづいた。

「女将は賢い女性です。一人娘の責任を全うして旅館を継ぎましたが、本当は他にもいろいろやりたいことはあったんじゃないかと思います。彼女が本気で取り組めば、きっと何にでもなれただろうとも――」

人生は短いもんですねと、悟は小さく笑い、花壇にしゃがみ込む。スコップを土に突き刺すたび、アンアリスのくすんだピンク色の花びらがはかなく揺れた。

*

フロントに円の姿はなかった。カウンターにあるベルを鳴らすのもためらわれ、則子はきょろきょろと辺りを見回す。視覚より先に反応したのは、嗅覚だった。

「いいにおい――」

軽やかな香りと、甘いにおい。則子のお腹が盛大に鳴る。美容院で長時間過ごした代償として、おひとり様ランチの初体験を逃したことに、今さら気づいた。

則子はカウンターの隅に二つの花束を置き、においの足跡を辿るように、鼻を上向かせて歩きだす。ロビーを抜けて文庫に降りる階段までくると、書棚に囲まれたスキップフロアの真ん中に立つ着物姿の円と目が合った。

「おかえりなさいませ」

はじめから則子が来ることをわかっていたように、円は落ち着き払ってお辞儀する。そのまま体を引いて脇に退き、ローテーブルを示した。

口の広いティーカップとソーサーが二客、ミルクピッチャー、角砂糖の小瓶、半分に割った竹にのせられたおしぼり、丸い木のお皿がきれいに配膳されている。木のお皿には、つやつやと黄《こ》金色《がねいろ》に光るクロワッサンのサンドウィッチが並んでいた。

「お疲れになったでしょう。お茶にしませんか？」

「お茶――」

「はい。私もごいっしょさせてください。本のお話でもしながら」

則子は円との約束を思い出し、ショルダーバッグの上から本のゴツゴツした角をさわる。その手を頭に持っていく前に、円は呼吸するように言ってくれた。

「新しい髪型も髪色も、とてもお似合いですね」

則子にとって大冒険だった明るい栗色のベリーショートを褒めてもらい、肩にこもっていた力が抜ける。ショルダーバッグのベルトがずり落ちてくる。則子はバッグをおさえ、本を取りだしながら打ち明けた。

「このお話を読んだら、なんだか無性に髪が切りたくなったんです」

「なぜでしょうね」

それは何気ない相槌だったが、則子は円の顔を見てしまう。きらきら光る大きな瞳と対峙《たいじ》していると、胸の引き出しが音を立ててひらき、押し込んで忘れ去ったつもりの気持ちや言葉が飛び出してくるように思われた。

則子の戸惑いを知ってか知らでか、円は率先してソファに座り、クロワッサンを一つ手に取る。

「祖父がお気に入りのパン屋さんで、買ってきてくれました」

則子は庭園で会ったばかりの悟の顔を思い浮かべ、「ありがたいです」と頭をさげた。

「クロワッサンサンドのお味は二種類。のりタマとあんバタです。よかったら、どちらも味わってください」

さあと誘われ、則子もソファに腰掛ける。黄色と黒の具材がのぞいているクロワッサンを摑むと、やわらかいクロワッサンはあっけなく潰れ、パン生地に含まれたバターがじゅわっと音を立てた。

ふわふわの甘い玉子焼きを、醬油を含ませた焼き海苔で挟んである〝のりタマ〟は、その味と量でもって、昼ごはん抜きの則子のお腹を満足させてくれた。

夢中で食べきり、おしぼりで手を拭くと、則子は淡いオレンジ色の紅茶が入ったティーカップを持つ。ミルクと砂糖は入れず、まず一口。爽やかな香りが喉から鼻に力強く抜けていった。苦みはほとんどなく、喉ごしもあっさりしている。バターたっぷりのクロワッサンで作ったのりタマサンドの濃さが、たちまち中和された。

「おいしい。これ、何ていうお紅茶なんですか?」

「ダージリンのファーストフラッシュ。芽吹いたばかりの新芽を摘んだ、春の紅茶です。クセのない味なので、紅茶の渋みやコクが苦手な方でもストレートでのめます」

クロワッサンサンドに合う紅茶を選んでくれたのも祖父で、蘊蓄《うんちく》も彼からの受け売りだと、円は屈託なく付け加える。

悟はきっと三千子にもクロワッサンサンドを買って帰り、いっしょに味わったのだろう。仲睦まじい夫婦の姿が、ありありと想像できた。則子はストレートのまま紅茶をもう一口のみ、ティーカップを静かに置くと、本を取り上げる。

「『春は馬車に乗って』は夫婦の物語なんです。結核で余命幾ばくもない妻と、看病する夫、二人だけの濃密な時間が、夫の視点で綴られていました。それで——」

さっそく言葉に詰まった則子の視線は文庫をさまよい、床に直置きされた大きなガラスの花瓶で留まる。黄色いフリージアが凛《りん》として立っている。

命を断ち切られ、切り花となってからも、人や場にあたたかい血を通わせてくれる——花にはそういう力がある。勤め先の花屋の売れ残りを従業員価格で買って帰っては、玄関や食卓にせっせと飾っていた自分は、そんな花の力に縋《すが》っていたのかもしれない。そう思ったら、則子の口は勝手に動いていた。

「臓物を食べたいって言うんです、病身の妻が。だから夫は律儀に町へ出て、鳥の臓物やら魚やらを買ってきては食べさせてやるんです」

「やさしいですね」

ねっ、と円の言葉に同意してから、則子は目を伏せる。

「でも、この小説を書いた作家の分身でもある夫は、少し冷静すぎるのね。冷静を保たなければ、日々死に向かって進む妻のそばには到底いられなかったんだろうけど」

「やさしさより冷静さが目立ってしまったと？」

「そういうこと。体がつらくなる一方の妻にとって、夫の理性や知性は邪魔なのよ。だから、あれこれ難癖をつけては夫をなじるんです。ここの会話がね、悲惨なのにユーモラスで、ぽんぽん読めちゃう」

「あなたは、二十四時間仕事のことより何も考へない人なんですもの、あたしなんか、どうだっていいんですわ。」

「お前の敵は俺の仕事だ。しかし、お前の敵は、實は絶えずお前を助けてゐるんだよ。」

「あたし、淋しいの。」


「〝あたしと仕事どっちが大事なの？〟論争は、時代を超えて普遍的なんでしょうか。つい最近、友達夫婦がわたしの目の前で同じような喧嘩をしていました」

いたって真面目に報告してくる円がおかしくて、則子はつい本音をこぼした。

「若いうちは喧嘩する元気があるのね」

「え？」

「私が入院した時、命にかかわる病ではなく、期間もたった三日だったとはいえ、夫は会社を休まなかったですよ。手術当日も半休で済ませていました」

「則子様は言わなかったんですか？〝あたしと仕事どっちが大事なの？〟って」

「言いませんよ」と笑いかけ、則子はふと真顔になる。私はどうして言わなかったんだろう？腹すら立たなかったのは、どうして？胸のざわめきに蓋をして、則子は本のつづきに目を落とした。

「妻の症状がひどくなると、やりとりも切迫してきます」

「人の苦しんでゐるときに、あなたは、あなたは、他のことを考へて。」

「まア、静まれ、いま呶鳴《どな》つちや。」

「あなたが、落ちついてゐるから、憎《にく》らしいのよ。」

「俺が、いま狼狽《うろたえ》ては、」

「やかましい。」


妻は咳の発作が止まらず、痰を自力では取れなくなる。夫は紙で妻の痰を取っては捨て、また彼女が痛みを訴える胸や腰や腹を心ゆくまでさすってやるのだ。痛みに苦しむ彼女に〝楯のやうに打たれながら〟も。

則子はそんな夫の献身的な行為を円に説明しながら、妻が自分を認知してくれなくなっても「女将は賢い女性です」と言い切り、慈しむ目を見せた悟の姿を思い出していた。

「奥さん、本当に愛されてるのよ」

則子が漏らしたつぶやきに反応して、円が顔を向けるのがわかったが、目は合わせずにつづける。

「やがて医者にも〝あなたの奥さんは、もう駄目ですよ〟って宣告されて、夫の絶望と看病疲れが極まるなか、小説はクライマックスを迎えます。色彩と静寂に満ちたこのラストシーンが、あまりに美しくて——奇跡みたいでもう、私は——」

「髪を短く切ろうと、決意なさった？」

二個目のクロワッサンサンドをつまみ、円が小首をかしげた。則子はぎくりと肩を揺らす。こんなに簡単に見抜かれるとは。風をじかに感じるようになったむきだしのうなじに手をやり、紅茶をのむ。

「ええまあ——小説の内容とは全然関係のない行為ですけど」

白々しい笑い声をあげたのは、しかし則子だけだった。円は神妙な顔で着物の衿元《えりもと》を直し、ゆっくり口をひらく。

「関係ないことはない、と思います。『春は馬車に乗って』を読んで、則子様に生じた感情が、起こした行動ですから」

「そんな大げさ——」

大げさに考えることではないと言いかけた則子だが、円の声に掻き消された。

「無から生まれた創作物が、現実の人や物を動かす事例はよく目にします。小説という創作物にも、そういう力があるのでは？　だとしたら則子様の今日の行動は、読書がきっかけとなったといえるでしょう」

絶対に、と言い切り、円は美しい所作でティーカップを持ち上げる。そして思いついたように尋ねた。

「この小説で、則子様の印象に残った文章ってございますか？」

「印象——夫の視点で書かれた話なので、彼の気持ちを的確に表す文章は、どれも心に突き刺さってきましたね。なかでも一番は——」

カップに添えられた円のきれいな指を眺めながら、則子はつぶやく。考えるまでもなく、心にこびりついた言葉があった。

——もう直ぐ、二人の間の扉は閉められるのだ。

——しかし、彼女も俺も、もうどちらもお互に與《あた》へるものは與へて了《しま》つた。今は殘つてゐるものは何物もない。

いよいよ妻の死を覚悟したとき、夫はそんなふうに思う。妻の言動もまた、死を迎え入れるものに変わる。諦めと達観の狭間にぽつんと佇む夫婦の姿に、則子は目の眩《くら》むような羨望と静かな絶望を覚えた。その理由のわからぬまま、今ふたたび声に出して本を読んでみて、同じ感情を味わう。

「夫婦どちらかが最期を迎えるとき、『お互に與《あた》へるものは與へて了《しま》つた』と言い切れる関係って、羨ましいなって——」

則子は自分に説明できる範囲での感想を伝えた。円は「なるほど」とうなずき、本に話しかけるように喋《しゃべ》る。

「まず自分への愛がないと、とても他人に愛は与えられない——そう考えると、たしかに彼らの真心に満ちた関係を、わたしも羨ましく思います」

「真心——」

則子はつぶやき、ようやく理解した。自分がどうして絶望を感じたのか。自分は本当は何を羨ましいと思ったのか。

「私、間違えてました」と則子は掠《かす》れた声で言う。視線は円を捉えていたが、彼女の瞳を通して、自分の心を見つめている気がする。

「私が羨ましいのは、どんな姿になってもどんなひどい行動を取っても、夫から愛しつづけてもらえる妻だと思い込んでいましたが、違います。私が本当に羨ましかったのは、死によってこの人と引き離されたくないと願うあまり言動が不安定になるほど、夫を愛している妻でした」

「夫に愛される妻ではなく、夫を愛する妻――」

円の的確な要約に、則子はゆっくりうなずく。胸の奥底にしまいこんできた本当の自分を覗き込む。

「だって私は、夫をちっとも愛していないから」

病院で「腫瘍がある。良性か悪性か、まだわからない」と告げられたとき、則子の心は凪《な》いでいた。良性ならもちろん嬉しい。でも悪性でもかまわないと思ってしまった。その落ち着きぶりが自分でも不思議だったが、今ならわかる。

夫婦として夫と過ごす毎日に、則子は疲れ果てていたのだ。死という絶対的な理由があれば、夫はもちろん娘との関係にも波風を立てず、穏便に断つことができて好都合だと思えてしまうほどに。妻の一大事を他人事にできる夫に、腹を立てる気力もないほどに。

「薄々は気づいていたと思うんです、夫を愛していないこと。すすんで夫に尽くすのは、彼を想ってではなく適当にあしらうための行動だということ。でも、見ないふりをしていました。というより、長年夫婦をつづけてくれれば、それが当たり前だと思ってたんです。どこの夫婦も多少の不満と諦めをのみこんで、どちらかが死ぬまで関係をつづけていく――それが夫婦の〝情〟ってやつなんだろうって」

　でも、と裁判前の宣誓よろしく、則子は古い本に手を置いた。嘘偽りなく本心を語ろうと決める。一期一会の旅先の若女将になら、話せる気がする。

「それは真心あってのことなんですよね。私には真心がない。自分すら愛していない。自分が死のうが生きようが気にならないほど、心が鈍くなっていました」

　則子は黙って、短くなった髪を引っ張った。夫に申しわけないと思う。たとえ彼が則子の心を鈍くさせた原因だったとしても、それは形だけの従順さをまとって、夫をないがしろにしつづけた自分への報いである気がしてならない。娘にはさらに申しわけないと思う。義務感だらけで、楽しみもやりがいも感じない子育てしかできなかった。

「女将さんの言うとおり、自分を愛していない人間が、他人に愛を与えられるわけがないんです。家族に悪いことをしました」

　伏し目がちに則子の懺悔を聞いていた円が、意外そうな顔でまばたきする。

「則子様、最初に謝るべき相手を忘れています」

「えっ」

「則子様が真心のない生活を送って、一番深く傷つけたのは、ご主人様でもお子様でもありません。他ならぬ則子様自身です」

　言葉を失った則子に、円はやさしい笑顔になってつづけた。

「でも、だいじょうぶですよ。自分とは必ず仲直りできますから」

「どうやって？」

則子はおどおどと視線をさまよわせる。そんな則子の髪を、円はまっすぐ指した。

「これから毎日、今日みたいに過ごすんです。自分を喜ばせてあげるんですよ」

則子は髪に手をやる。極端に色を明るくし、少女の頃に憧れた外国の女優くらい髪を短くすると決めたときの、わくわくした気持ちを思い出した。

「――そっか。私、自分の喜ぶ髪型にしてたんですね」

「ええ。則子様は自分でも気づかないうちにもう、仲直りの一歩を踏み出してたんですよ」

円は静かに、けれど少しおどけた調子で言ってくれる。則子は胸の前で腕を回して、自分で自分を抱きしめた。涙と同時に言葉がこぼれる。

「ごめん、私。長いこと雑に生きちゃって、本当にごめんなさい」

返事のように、お腹が鳴った。その間抜けさが自分らしいと、則子は泣き笑いになりつつ、木のお皿の上にぽつんと一つ残されていたクロワッサンサンドを手に取る。ゆっくり嚙みしめる。バターの香りとこし餡の甘みが、体の隅々までしっとり染みていった。

「おいしい」

涙をぬぐってしみじみとつぶやいた則子に、円は言う。

「おいしくて当然です。パンを作ってくれた方の、餡子や小麦を作ってくれた方の、牛乳や玉子を与えてくれた動物達の、愛のかたまりですから」

「そんな愛のかたまりを、ここに用意してくださった女将さんの愛もいただいてます」

則子がすかさず返すと、円はころころと可愛らしい声をあげて笑った。

「はい。どうぞ召し上がれ」

内から差し出せる愛はまだないと、則子は思う。しかしそんな自分を満たしてくれる愛は、夫婦の間でしか育《はぐく》めないものではないのだと、円に励ましてもらった気がする。

まずは今日から、自分に真心を込めて接しようと、則子は決意した。


部屋へ戻る前に、則子はフロントでチェックアウトの手続きを取ることにする。円がクレジットカードを読み取る機械を用意してくれるのを待って、カウンターに置いたままだった花束の一つを差し出した。

「あの、これは私から女将さんに。本当にいろいろお世話になったので――」

「ありがとうございます」と円は小さな花束を抱え、嬉しそうに微笑む。

「『Ｆｌｏｗｅｒ　Ｓｈｏｐ　ＯＫＵＮＯ』もお寄りになったんですね」

「ええ」

「あそこの店長は、私のはとこなんです。最近、お店が大繁盛してるみたいで――」

「でしょうね。花のチョイスも飾り方も、店の空気も、ぜんぶ素敵でしたから」

納得している則子からクレジットカードを受け取り、円はつづけた。

「近々、正社員を募集するそうですよ。年齢不問、経験者優遇で」

則子は円の顔を見つめる。黒い瞳がほとんどを占めるつぶらな目が、きらきら輝いていた。

「この町で四代つづいてきた中小企業ですからね、福利厚生もちゃんとしてますよ。女性が地方で一人暮らしをしていくくらいの収入は、確保できるはずです」

「私――自立なんて」

円は則子の言葉を流すように身を傾け、カウンターに残るもう一つの花束を見た。

「その花束は、ご主人様に？」

「ええ。そのつもり――」と則子はうなずきかけて、花束をさっと抱える。

「でしたが、自分に贈ることにします」

花の力を借りて、家族への愛をせっせと偽装してきた自分に、「もういいよ」と言ってあげたい。もう取り繕わなくていい。まず大事にすべきは、自分への真心だ。

「ちゃんと考えてみますね、自立の件」

返ってきた夫名義のクレジットカードを見つめ、則子は言葉少なに円に決意を伝えた。声にした言葉は、自分の内側にも響く。耳を通って胸に落ち、あたたかいさざ波を作る。これが、愛というものかもしれない。

庭園の松の木に戻ってきたウグイスが、朗らかに春を告げた。

三冊目

黒の間と呼ばれる畳敷きの客室に案内されるなり、透馬《とうま》はさっそく水着に着替えだした。自分達の荷物を運んできてくれた女将が目の前に立っているというのに、おかまいなしで服を脱いでいく。八歳の男児とはいえ、その振る舞いは褒められたものではないだろう。

深尾沙月《さつき》は透馬がキッズ用のボクサーパンツに手をかける前に、広縁の大きな窓からつづく海を指さした。

「透馬、見て。サーフィンしてる人がいる」

「え。いいなあ」

透馬はまんまと気を逸らし、ボクサーパンツ姿のまま窓にへばりつく。焦げ茶色の髪はくるくると渦巻き、つむじが二つあった。幼稚園に入るくらいまでは、その強いクセ毛を「天使みたいだね」と褒めてくれる人もいたのだが、小学生になるとすっかり悪目立ちするようになった。もっとも、透馬が悪目立ちしているのは、髪質のせいばかりでもない。

沙月は肩で息をつき、女将に振り返った。黒地に白いカモメの柄がついた、飛び柄小紋の絽《ろ》の着物をしゃんとまとい、品のよい出で立ちの女性だ。結い上げた黒髪と白い肌の艶はよく、いきいきとした眼差しは眩《まぶ》しいほどに清らかで、沙月よりずいぶん年下——まだ二十代前半に見えた。

「ごめんなさい。海を見て、気がはやっちゃったみたいで」

「たくさん泳いで、お腹を空かせてきてくださいね」

フロントでの初対面の際、丹家円と名乗った女将は、沙月と透馬二人分の荷物が入ったキャリーケースを部屋の隅に置き、「でも」と鼻をひくつかせる。

「お饅頭を食べて少し休憩してから海に行くくらいで、ちょうどいいかもしれません」

沙月がその意味を尋ねる前に、透馬の甲高い声がした。

「キツネだ！」

「は？」

「お母さん、キツネが並んで海の上を歩いてる。一、二、三、四、五――」

透馬は何もない水平線に視線を留めたまま、指をさして数えだす。

「やめなさい」

あわてて遮った沙月の目の前で、ぱらぱらと大きな雨粒が窓に当たった。透馬がはしゃいで飛び跳ねる。

「晴れてるのに、雨が降ってきた。変なのー」

「変じゃないよ。これは、お天気雨っていうの。ごく一般的な気象現象」

「別名、キツネの嫁入りですね」

「ごく一般的な」と強調して言った沙月の後ろで、円がさらりと付け足した。高くも低くもない落ち着いた声には説得力がある。透馬は納得したようにうなずき、窓越しに海を見やった。またおかしなことを言い出すんじゃないかと、沙月はひやひやしたが、透馬はくっきりした二重《ふたえ》の目でせわしなくまばたきしただけだ。

後ろでは、円が二人分の湯呑みにお茶を注いでいる。振り返った沙月と目が合うと立ち上がり、鼻から大きく息を吸い込んだ。

「雨はじきあがるでしょう」

その確信に満ちた言葉は、沙月ではなく透馬に向けて放たれたものらしい。すぐにでも泳ぎたそうな透馬は、窓に両手を張りつかせたまま振り返る。

「〝じき〟って、あとどれくらい？」

「キツネの行列が海を渡りきるくらいには」

円のその答えに、透馬の目がみひらかれる。ぽかんと口があき、海と円をせわしなく見比べた。やがて幼児の頃から変わらない、ふっくらした頬がゆるむ。

「じゃあ、もうすぐだね。オレ、水着に着替えとこうっと」

透馬はボクサーパンツに手をかける。そのまま何の躊躇《ちゅうちょ》もなくパンツをおろしてしまったが、円は一足早く背を向けて部屋から出たあとだった。


円の言ったとおり、雨はすぐにあがった。

旅館から徒歩二分ほどの海に飛び込んだ透馬は、さっきから何度も波に転がされている。鼻から海水が入ってむせても、ケラケラ笑いっぱなしだ。楽しさのあまり自分の体力の限界を忘れ、足腰がふらついているのにも気づかない。透馬は幼児の頃からまるきり水を怖がらなかった。本人の希望で水泳を習わせたところ、バタフライ以外はあっさり泳げるようになった。とはいえ、まだ小学二年生だ。目は離せない。

沙月は日焼け止めクリームを足の甲に念入りにすりこみながら、監視用の高い椅子に座ったライフセーバーの視界に、透馬がきちんと入っていることをたしかめる。実は沙月は泳げない。いざというときの救助は、プロに任せたかった。

水泳だけではない。沙月は運動全般が苦手だ。駆けっこも、小学生のときですでに六歳下の妹のほうがタイムはよかった。

そんな運動神経の悪さもあり、中学に入ると部活は美術部を選んだ。もともと好きだった絵を描くことがもっと好きになり、特技と呼べる域まで達し、美術大学のグラフィックデザイン科から広告代理店のデザイナーへと、無理のない道を歩いてきたと思う。

転機は今から六年前、三十三歳でフリーになったときだろう。仕事も人間関係もうまくいっている会社を辞めるのは勇気が要ったが、止まれなかった。収入より自由になる時間を選択する必要があったのだ。覚悟はしていたが、足元は厳しい坂道へと変わった。会社の看板を背負って仕事をもらっていたことを、嫌というほど思い知らされた。

沙月は海からあがって自分のほうへまっすぐ駆けてくる透馬を、百均で買ったサングラス越しに見つめる。

目下フリーのイラストレーターとしての収入だけでは子ども一人を養いきれず、運送会社のフルタイム事務員と二足のわらじを履いていた。スーパーでは一円でも安い食材を選ぶ生活がつづいている。それでも毎年、夏休みだけはちゃんと透馬の思い出になるようなレジャーができていることを、沙月は自分の小さな誇りとしていた。中古の愛車タントで去年はキャンプに連れていったし、一昨年は山登りをした。家にはバーベキュー道具も一式そろえてある。

海の家で借りたビーチパラソルが、風を孕《はら》んでバタバタと音を立てた。

「お母さんも海に入ろう」

ぽたぽたと滴をたらしながら、透馬が沙月の手を引っ張る。沙月はバスタオルで透馬の鼻水を拭いてやりながら、「えー」と渋った。

「あんまり泳ぎたくないんだよな」

「泳げなくても、だいじょうぶだよ。オレの浮き輪を貸したげるから」

沙月の見栄を無邪気に指摘して、透馬は丸い浮き輪を放って寄越した。くっついていた砂が舞い散り、沙月に降りかかる。

実は、透馬の小学校の夏休みはもう終わっていた。沙月の子ども時代とは違い、近頃は八月後半から新学期の始まる学校が多い。この辺りの学校もそうだろうか。平日昼下がりの海辺に、学童連れの海水浴客の姿はなかった。

家族のレジャーを理由に学校を休ませることに、沙月は躊躇を覚えるタイプだ。ただ今年は、運送会社の連続休暇シフトと透馬の夏休みをうまく重ねることができなかった。それに透馬が新学期の教室に戻る前に、どうしても旅先で二人ゆっくり話し合う時間を作りたかったので、思いきって連れて来てしまった。


「深尾君の嘘に、クラスの子ども達が混乱しています」

夏休み直前、沙月を突然呼びつけた透馬の担任は、厳粛な面持ちでそう告げた。子細を尋ねる沙月に、ベテランらしき年格好の女性の担任は顔をしかめ、透馬の嘘の数々を言い連ねた。

百葉箱の中に小さな河童が住んでいる。白髪の老婆がクラスの皆といっしょに給食を食べたいと訴えている。龍の子が屋上の柵に体をぐるぐると巻き付けて眠っている。三階の男子トイレの奥の個室はときどき戦国時代とつながる。

「枚挙に遑《いとま》がありません。しかも、そういうことを話すときの深尾君には妙な説得力があって、クラスの子らがみんな信じてしまうんです。信じ込んで、夢中になったり怯《おび》えたりしてしまう。誰一人としてそんなものを見ていないのに」

これはとても危険なことですと、髪の生え際の白さが目立つ担任は重々しく結んだ。

「深尾君はお家でもよくああいうことを言ってるのですか」と問う担任の刺すような視線に、沙月は「またか」と嘆息をもらす。この人も、透馬が嘘をついたと決めてかかっているのだ。透馬を承認欲求の強い虚言癖の問題児と見ているのだ。

沙月の表情から何を読み取ったのか、担任は声を低めた。

「お母さんはお仕事が二つもあってとても忙しいと、深尾君から聞いてます。一人親で何かお困りのことがあれば、学校や専門機関にご相談なさってはいかがでしょう？　私でよければ、お話聞きますよ」

担任の口ぶりから、沙月もひっくるめて問題児扱いしている様子がうかがえた。落胆と戸惑い、つづいて孤独感が襲ってきて、沙月の膝から力が抜けていく。

幼い頃から、透馬は突拍子もないことを言いだす子どもだった。同じマンションの某号室の窓から虹が空にのびていたとか、バッタと友達になったらカブトムシの王様を紹介してくれたとか。最初のうちは沙月も、透馬の空想や夢の話を聞いているつもりでいたが、後々、虹がのびていた部屋の住人が、その日に亡くなっていたことがわかったり、考えられない数のカブトムシの大群が、家のドアにぴっしり貼りついていたりと、透馬の言葉を裏付ける出来事が起こる日常を過ごすうちに、透馬は常に彼にとっての真実を語っており、見えないものを見たり感じたりすることは彼の〝個性〟の一部なのだと、自然と納得した。対象を見れば線が浮かびあがり、紙やコンピュータ上で自在に描くことのできる自分の個性、小学生のときに中学生男子と変わらぬタイムで泳いだり走ったりできた妹の個性と、種類は違えど同じ天分だ。厄介なのは、絵のうまさや足の速さと違って、透馬の個性は証明のしようがないことだろう。証明する機会もそうそう訪れない。結果、いらぬ誤解や糾弾の対象となりやすかった。

実際、保育園で集団生活をはじめてから小二の今まで、沙月は透馬へのクレームを何度も受けてきた。その大半は友達から、ごく稀に友達の保護者からで、子どもの集団社会における絶対的強者である教師からの非難ははじめてだ。担任から嘘つき扱いをされて、透馬のこの先の学校生活はどうなってしまうのか。

沙月は暗澹《あんたん》たる思いを抱えつつ、否定から入る担任には何も語るまいと決めた。授業を止めたことへの謝罪の言葉だけを口にし、頭をさげ、透馬には夏休み中によく言って聞かせると請け合う。そして沙月を話のわかる親だと認識し、担任がホッと表情をゆるめたのを見計らい、尋ねてみた。

「ちなみに最近このクラスで、おばあさまかひいおばあさまを亡くしたお子さんはいらっしゃいます？」

透馬が見た白髪の老婆は、その子の席の近くに現れなかったか？　とまで追及するのは控える。担任は「個人情報なので」と明言を避けたが、こわばった顔が答えだろう。やはり、透馬は嘘なんてついていない。たとえ彼以外の全員が見えなくても、本当に存在するものを見ている。私だけは信じてやらねばと思う反面、集団社会でつつがなく生きる術を教える必要があるのではないかと、沙月の心は揺れた。

こちらの顔をじっと眺めている透馬に気づき、沙月は砂を払って立ち上がる。浮き輪を透馬に返して、無理やり元気な声を出した。

「お母さんはちょっと海に浸かるだけね。ほら、日焼け止めも塗っちゃったし」

歓声をあげて海に駆けていく透馬の背中を追いながら、沙月はため息をつく。

＊

浜辺から帰って、海とそのままつながっているような露天風呂の温泉でもうひとはしゃぎすると、透馬は夕飯を待っているあいだに眠ってしまった。バンザイするように両手をあげて、すうすうと気持ちよさそうな寝息を立てている。透馬の上下する胸に自分の呼吸を合わせていたら、沙月のまぶたも重くなってきた。

「失礼します」

声と同時にドアがノックされ、沙月はあわてて目をひらく。どうぞと声をかけると、円が皿のたくさんのった大きな盆を持って入ってきた。

ごはんだよと透馬を揺り起こそうとする沙月を制し、円は小声で言ってくれる。

「たぶん、ごはんのにおいで起きてくれると思いますよ。海でたっぷり遊んで、お腹が空いているでしょうから」

「だといいんですけど」

「お膳だけ用意しておきますね」

円は楽しげに配膳をはじめた。透馬のお膳も、ヤクルトがついて器が少しだけ小さいことを除けば、大人と同じものが並ぶ。

ズッキーニとトマトの色鮮やかなマリネに目を奪われている沙月の前で、円は朱色の前掛けのポケットから、一冊の古めかしい文庫本を取りだした。

「旅の夜は案外長いものです。もしよかったら、今夜のお供にいかがでしょう？」

「本？　そんなサービスがあるんですか」

「サービスと言いますか——当旅館には文庫があるので」

「文庫？」

「書庫や蔵書部屋のようなものです。私の曾祖父が海老澤様という御方《おかた》の蔵書をそっくり譲り受けて作ったもので、戦前くらいまでの本が並んでいるんですよ」

ああ、とようやく合点した沙月は、あらためて円が持つ本に目を落とす。たしかに年代物だ。カバーのない文庫本は全体が日に焼けて黄ばみ、表紙が反り返っていた。染みなのか汚れなのかわからない茶色い点が其処此処についている。それでも、綴り糸がほつれたりはしておらず、製本された当時の状態をしっかり保っていた。『小僧の神様』、志賀直哉、と旧字体の横書きで右から左へ印刷されたタイトルと作者名もはっきり読める。下方に岩波書店と版元の名前も入っていた。表紙の柄ともども、今も書店で見かける出版社の文庫本だ。ただ少し、今の文庫本サイズより縦長だった。

「志賀直哉——知ってる。学生時代に読みました、教科書に載ってたから」

「『小僧の神様』を？」

「さあ、どうだっけ？　作品名は忘れちゃったなあ」

沙月が頼りなく首をひねると、円は「では気が向いたときにでも」と微笑みながら文庫本を長机の隅に置いた。そのまま振り返り、思い出したように尋ねてくる。

「ところで当旅館を見つけてくださったのは、透馬君ではありませんか？」

「そうです。どうしてわかりました？」

「わたしは鼻が利くのです」

すました顔で答えられ、沙月は戸惑う。

「旅行先は毎年私が決めてきたんですけど、今年にかぎって透馬が地図を持ってきて、絶対この海が見たいって。宿も自分で検索して、こちらの凧屋旅館さんに」

高級旅館だったらどうしようと、沙月はおっかなびっくり凧屋の宿泊料を確認し、ホッとしたことまでは話さずにおいた。

「光栄です」

円は目を細め、眠っている透馬のほうへと視線を流す。

透馬に乞われるまま、沙月がネットに載っていた電話番号にかけて予約を取ると、旅館からはわざわざ予約受理の通知と御礼の絵葉書が届いた。ずいぶん丁寧だなと思っていたが、旅行の前日、もう一度場所や建物の感じを確認しておこうとネット検索し直したら、凧屋旅館の載っているページがどうしても見つけられなくなっていたので、住所と電話番号の書かれた絵葉書があって助かった——という不思議と呼ぶにはささやかすぎるエピソードを話そうと、沙月が口をひらきかけたとき、部屋の隅に転がっていた透馬が、腹ばいになってむくりと起き上がった。

「お目覚めですか?」

円がにこやかに向き直る。起き抜けの透馬は、見慣れない部屋に一瞬驚いた顔をしたが、すぐに旅行中であることを思い出したようだ。笑顔になって、大きくうなずく。

「二人のおじさんがずーっとオレの真横でお喋《しゃべ》りしてるからさあ、うるさいなーと思って耳ふさいでたら、いつのまにか寝ちゃった」

「おじさん?」

「うん。二人とも着物を着てるおじさんだよ。本の話をしてたのかなあ?　ゼンニンがどうのこうのって——難しくて、オレ全然わかんなかった」

屈託なく話しだした透馬を黙らせたくて、沙月はあわてて手招きした。

「透馬、こっちおいで。キミの好きなもずくの酢の物があるよ」

「ホント?　やった!」

駆け寄ってくる透馬を、円が追及する。

「二人のおじさんは、どこにいたんです?」

「最初は露天風呂。オレについてきて、今はそこにいる」

透馬は「いただきます」も言わずにもずくをすすり、床の間の先、海に面した広縁を指さした。円と沙月はそれぞれ黙って広縁を見つめる。沙月の目に入るのは、小さなテーブルを挟んで向かい合う二脚の高座椅子だけだ。人なんていない。見えない。

透馬がさらに話そうとしているところを、沙月は「夢の話でしょ」と遮り、円に頭をさげてみせた。

「すみません。この子、ちょっと寝ぼけたみたい――」

透馬が顔をあげて自分を見るのがわかったが、見返せない。家では「信じるよ」と請け合うくせに、他人の前では信じていない素振りをみせる沙月のことを、透馬はどう思っているのだろう。沙月はそっと唇を噛む。

円は小鼻をピクリと動かすと、透馬に朗らかに話しかけた。

「広縁のおじさん達のことは気にせず、透馬君の好きなように食べて、喋って、遊んでください。明日のチェックアウトまで、ここは沙月様と透馬君の部屋なのですから」

透馬はもずくの入ったガラス鉢を置き、くりくりした目で意外そうに円を見つめる。そして「あ」と声を漏らし、広縁に視線を投げた。

「どうしたの、透馬？」

「二人とも、円ちゃんに頭をさげて消えた」

「円ちゃんって――そんな呼び方は失礼よ」

「だって、おじさん達もそう呼んでた」

沙月に向かって口をとがらせると、透馬はあらためて円を見上げる。その瞳のなかに尊敬の色がはっきりうかがえて、沙月の胸はざわついた。

夕飯はとても美味しく、オクラと白髪ネギの冷たいお吸い物から岩牡蠣のしゃぶしゃぶ、しらすの釜飯、西瓜とメロン味のジェラートとわらび餅が並んだ水菓子の長皿まで、沙月も透馬もしっかり完食した。

食事の後片付けも寝具の準備も円がやっていってくれたから、沙月は透馬とトランプでたっぷり遊べる。七並べを延々やらされることになったが、かまわない。波音と虫の鳴き声だけが聞こえる部屋で透馬と過ごしていると、沙月は自分が普段どれだけ忙しくしているかを痛感した。

透馬の担任のしかめ面がよみがえり、沙月は姿勢を正す。

「あのさ、透馬。この勝負が終わったら——」

「お願い」

透馬はおもむろに両手を前で合わせ頭をさげた。戸惑う沙月に、つづけて懇願する。

「寝る前に、もう一勝負だけ」

傍らのスマートフォンで確認すると、沙月が決めた透馬の就寝時間八時を過ぎていた。沙月の肩から力が抜ける。手元のトランプと透馬を見比べ、うなずいた。

「わかった。もう一勝負ね。それが終わったら、お母さんの話を聞いてくれる？」

透馬は就寝を強要されなかったことが嬉しいらしく、「いいよ」と一も二もなく応じ、トランプを構え直す。

ところがその最後の勝負の最中に、透馬は船を漕ぎだし、沙月の再三の呼びかけにも応じなくなったかと思うと、トランプをふとんにばらまいて眠ってしまった。歯磨きもまだなので沙月は悩んだが、ひとまずそのまま寝させておくことにする。

二組のふとんを横断して大の字になっている透馬に薄い肌掛けふとんをかけてやり、沙月は息をついて天井を見上げた。重ねて並べた天井板を、細い木材でおさえてある。たしか、イナゴ天井と呼ばれるものだ。実家の和室も同じ天井だった。その和室で、沙月は中学生になるまで妹といっしょに寝ていた。かすかに聞こえる透馬の寝息と記憶の中の妹の寝息が、耳の奥で重なる。

沙月は頭を振って、視線をさまよわせた。長机の隅に、円が置いていったままの文庫本を見つける。

「旅の夜は案外長い、か。たしかに」

沙月は円の言葉を思い出し、本に手を伸ばした。透馬を起こさないよう広縁に移る。〝二人のおじさん〟が座っていたら嫌だなと思いながら、おっかなびっくり高座椅子に腰かけた。テーブルの上の電気スタンドを点ける。プリーツ加工された和紙のシェードから、オレンジの光が漏れだした。明るすぎないやわらかな光だ。その光が透馬の眠りを妨げていないことを確認してから、沙月は日焼けした表紙をめくった。月日が経ち脆《もろ》くなった紙がべりべりと音を立てる。奥付を見ると、昭和十三年に出た第十一版らしい。

ふと初版が何年なのか気になって、スマートフォンで調べてみる。同じ岩波文庫版の『小僧の神様』は昭和三年だった。十年で十一回の重版。そこからさらに百年近くも重版しつづけて世の中に残っているのは、普及の名作かつヒット作の証拠だろう。

本の輝かしい実績に後押しされて、沙月はようやく『小僧の神様』の本文を読みはじめた。旧仮名遣いと旧字体の羅列はあっても、文章自体は非常に簡潔でわかりやすい。特に主役の一人である仙吉《せんきち》という名の小僧は、セリフがなくても、仕草の描写一つで映像が浮かび、性格や心情が伝わってきた。余計な文字が一つもないんじゃないかと思えるほど練りあがった短い文章を追ううちに、素直さと純真さ、そして幾ばくかの野心を持ち合わせた一人の少年が、沙月の頭の中でいきいきと動きだす。沙月は今一度表紙に戻って、つぶやいた。

「面白いじゃん、志賀直哉」

志賀直哉に「あんた何様だ?」と怒られそうだ。沙月は椅子に深く座り直し、『小僧の神様』を読み進めた。短編のため、わりとあっさり読み終わってしまう。一度は本をとじて真っ暗な海に顔を向けた沙月だったが、だんだん気持ちが高ぶってきた。ふたたび本をひらき、最初から読み直す。一回目より、引っかかるところが増えた。みぞおちのあたりが熱を持ち、沙月は自分が軽く苛立《いらだ》っていることに気づく。なぜだろうと首をかしげ、また最初のページに戻ろうとしたとき、透馬の声がした。

「お母さん」

少し引《ひ》き攣《つ》ったような声。はじめて腕の骨を折った五歳のときも、透馬はこんな声で私を呼んだと思い出し、沙月は急いで立ち上がる。「ここだよ」と言いながら座敷に戻ると、巻き毛に寝癖が加わり前衛的な髪型になった透馬が腰にかじりついてきた。

「大変だよ。女将さんが火をつけたって。燃えちゃうよ」

何やら物騒な言葉に困惑しつつ、沙月は透馬の背中をトントンと軽く叩いてやる。

「透馬、落ち着いて。怖い夢でも見たの?」

すると透馬は沙月を突き飛ばすようにして離れ、首を激しく横に振った。

「夢だけど夢じゃない！　あの二人のおじさんが現れて、頼んできたの。〝女将さんが火をつけちゃったから、早く円ちゃんに知らせろ〟って」

「〝女将さんが火を〟？　どういうこと？　円さんがここの女将さんでしょ？」

戸惑うばかりの沙月に痺れを切らせ、パジャマ姿の透馬は地団駄を踏んだ。

「オレ、嘘は言ってない！　二人のおじさんからの伝言だってば。信じてよ」

くりくりした目が訴えるように大きくなる。沙月は傍らにあったスマートフォンで時刻を確認する。午後十一時。円がまだ仕事中なら、旅館内にいるだろう。でも、と透馬の顔を見つめる。

彼の周りにいた担任や友達やそのママ達の顔が脳裏をよぎっていく。伝えて何になる？　今までそうだったように、今回も怖がられたり腹を立てられたり心配されたり軽蔑されたりするだけじゃない？　透馬自身が傷つくだけじゃない？

「お母さんは信じるけど――でも透馬、そういうことはあまり――」

「お母さんがオレを信じるなら、円ちゃんに知らせて」

透馬はきっぱり言い切った。毛糸玉のように絡まった髪を揺らしてつづける。

「円ちゃんにどう思われても、オレ気にしないから」

沙月は喉元まで連なってきた言葉をのみこんだ。この子は自分を見る周囲の冷たい目に、もう気づいている。沙月はゆっくり息を吐き、不安そうに自分を見つめる透馬の頭をくしゃくしゃと撫でまわす。やわらかくて弾力のあるクセ毛が手の中で踊った。

「わかった。円さんに知らせよう。透馬もいっしょにおいで」

沙月は浴衣の帯を締め直すと、透馬の手を引いて部屋を出た。

沙月と透馬がフロントにもう少しで到着するというとき、ちょうど円が事務室から出てきた。結い上げた髪型も着物姿もそのままだが、手には和装と不釣り合いな帆布のトートバッグをさげている。

「お仕事、もう終わりですか？」

沙月の問いに「ええ」とうなずき、円はトートバッグをそっと背中に回した。

「ですが、ご用件は二十四時間承っております。何かご不便でも？」

「火をつけたんだ」

我慢できずに叫んだ透馬の口をおさえ、沙月は頭をさげる。

「帰宅前にごめんなさい。あの――透馬がひどく生々しい夢を見たらしく、念のため確認に来ました。お手間を取らせて申しわけないのですが」

「いえいえ、お気になさらず。何でしょう？」

円は真面目な顔つきになってしゃがみ、沙月ではなく透馬の視線に合わせてくれた。透馬の背筋が伸びて、なるべく落ち着こうと努力しながら話すのが伝わってくる。

「晩ごはんのときに話した二人のおじさん、いるでしょ？　あの人達がオレに言ってたんだ。〝女将さんが火をつけちゃったから、早く円ちゃんに知らせろ〟って」

円は「女将さん――」とつぶやき、ハッと眉を上げた。頬が青白い。

「知らせてくれて、ありがとうございました」

早口で礼を述べると、「では、また明日」とひどく慌てて玄関を飛び出していった。

沙月と二人で取り残され、透馬は「円ちゃん、信じてくれたかな?」と急にか細い声を出す。

沙月は透馬の二つあるつむじを見下ろした。円にどう思われても気にしないと啖呵《たんか》を切ったものの、やはり嘘つきとは思われたくないのだろう。わかるよ、と沙月は心の中でつぶやいた。

——どう思われてもいい相手は、どうでもいい人なんだよ。仲良くしたい人には、やっぱり信じてもらいたいよね。

新学期を前にした八歳の透馬に、親として伝えることは、個性を隠して社会でうまくやっていく術《すべ》なんかではないと確信する。沙月は透馬と手をつなぐと、その小指の細長い爪をなぞり、一番伝えたい言葉を発した。

「円さんを信じよう。自分を信じてほしければ、まずは自分から信じなくちゃ」

透馬の瞳がきらりと光り、うなずく。そのあと、透馬は沙月の言いつけに素直に従って部屋に戻り、今度は歯磨きも忘れずにして、寝てくれた。

もうじき日付が変わろうとしている。沙月も寝支度を整えてふとんに入り、健やかな寝息にあわせて上下している透馬の背中に頬をつけて眠った。

*

朝七時過ぎに波音で目覚めると、沙月はまだ眠っている透馬のふとんを剥いだ。

「おはよう。食堂へ朝ごはんを食べにいこう」

「ごはん」と聞いて、透馬はすぐに目をあけたが、あくびが止まらない。それでも二度寝せず顔を洗って、服を着替えてくれた。

朝食は食堂でとることになっていた。他に泊まり客がいないので、席取りの必要はない。回り道してフロントに寄ってみたが、円の姿は見当たらなかった。

朝食は目玉焼きやサラダ、納豆や海苔といった旅館らしさ全開のメニューだ。透馬は目玉焼きに添えられたウィンナーがおいしいと、沙月の分まで食べてしまう。今年に入って、食欲がぐっと増した気がする。

朝食で一番手が込んでいたのは、味噌汁だろう。トマト、オクラ、カボチャ、トウモロコシと、夏野菜の具がたくさん入っていた。いずれも、一度グリルするという手間がかけてある。沙月は生まれてはじめて味噌汁をおかわりしたくなった。

手作りらしいレモンジャムをのせたヨーグルトで朝食をしめくくり、食堂をあとにする。廊下を歩きだしてすぐ、背後から声をかけられた。

「おはようございます。昨夜はありがとうございました」

振り向けば、円が立っている。今日は薄いピンクと濃いピンクの斜線が交互に入った華やかな着物をまとっているせいか、昨夜より顔色がよく見えた。

沙月が口をひらく前に、透馬がおずおずと尋ねる。

「あの、火は——どうだった？」

「助かりました」

円は微笑み、丁寧に腰を折って頭をさげた。顔をあげると、沙月と透馬の顔を見比べ、小首をかしげる。

「深尾様、今日のご予定は何かございますか?」

「特には。午前中でチェックアウトですし——あ、透馬は海で泳ぎたいか」

「オレ、今日は海行かない」

透馬はさっきまでとは打って変わって快活に言いきり、首を横に振った。

「それでは一息つきましたら、文庫にいらっしゃってください」

「わかった」と透馬が手をあげて答え、沙月もうなずく。

円は微笑みをたやさず会釈すると、フロントのほうへ去っていった。


身支度と荷物のパッキングを終えた沙月と透馬は、チェックインの際にもらった館内案内図を片手に文庫を探す。透馬は難解な宝の地図を読んでいるつもりらしい。館内案内図をくるくる回しては、あっちだ、そっちだと曲がる方角を指し示した。沙月は透馬の巻き毛頭の後ろから、こっそり館内案内図をのぞきこみつつ、指示が間違っていても、黙って言いなりに曲がりつづける。

多少の回り道はあったものの、最後にはちゃんと文庫に辿り着いた。フロントの先、ロビーを突っ切って一番奥にあるそこは、階段を何段かおりたスキップフロアになっていた。

沙月より一歩先に立った透馬は、歓声をあげて階段を一段飛ばしでおりていく。あわてて沙月もあとにつづいた。

段差のきつくない階段はすぐに終わり、よく磨かれた木の床、つづいて正面と右の壁につけられた天井までの本棚が、目に飛び込んでくる。正面の壁の真ん中には、本棚の隙間を利用して、花と額装の絵が飾られていた。左の壁は一面窓となっており、庭園の景観が楽しめる。半地下の部屋と方角のせいか、それだけ大きな窓があっても、ブラインドを半分おろしただけで室内に直射日光は入らず、仄明《ほのあか》るい自然光が目にやさしい。窓の前には、ボックスソファとローテーブルが置かれ、円が背中を見せて屈み込み、何かを用意していた。カチャカチャと器の触れあう音がする。

「お母さん、本の部屋だよ。こんな大きな本棚、オレはじめて見た」

透馬が飛び跳ねながら叫んだ。外遊びと同じくらい本も好きで、三日に一度は小学校の図書館から新しい本を借りてくるような子どもだから、文庫が本当の宝の山に見えたのかもしれない。

円が振り向き、笑顔を向けてくれた。テーブルを見れば、レトロな佇まいの機械がまず目に入ってくる。正面には富士山と宝船の飾りに〝初雪〟の文字があしらわれ、側面には大きなハンドルと〝氷〟の文字があった。何を作ろうとしているのかすぐにわかる。透馬もそうだろう。目がかがやく。

「せっかくの夏ですから」

そう言うと、着物姿の円は慣れた手つきでたすきを掛けて袂《たもと》をあげ、朱色の前掛けを締めた。最後にビニール手袋をして、脇に置かれたクーラーボックスからブロック氷を取り出すと、かき氷機の台座にセットして、ハンドルを回しはじめる。

「曾祖父の時代から使っている古い手回し機ですけど、おいしく作れますよ」

ガラスの器にザリザリと積もっていく氷を見つめていた透馬は、我に返ったように円を見上げ、

「オレも回したい」とハンドルを指さした。

「では、お願いします。指を挟まないように気をつけて」

円は透馬に場所を譲ると、自分はガラスの器をまわしはじめた。こうすることで、より均等に氷が盛られていく。

小学二年生の力では、少しハンドルが重かったらしい。円にうながされ、透馬の手の上から、沙月も手を添える。すっぽりと包んでしまえることに、ハッとする。ずいぶん大きくなって掌《てのひら》の皮も厚くなってきたけれど、それでもまだまだ小さい、子どもの手だった。

三人で協力して仕上げたかき氷は、ガラスの器に真っ白な山を築き、見ているだけで涼しくなってくる。

「シロップも取り揃えておりますよ」

円の言葉どおり、テーブルにはイチゴやブルーハワイといった定番の市販シロップから、手製らしい梅やレモンのシロップ、シンプルな黒蜜、抹茶、そして缶詰に入った小豆に練乳のチューブ、さらにはトッピングに使えそうなラムネやカラフルなチョコチップ、ポッキー、缶詰のパインなども置かれていた。

「縁日ができちゃいそう」

透馬が夢中なのはもちろん、沙月も目を奪われ、思わず口走る。円は嬉しそうにうなずいた。

「夏休みは、お子様を連れてご宿泊なさるお客様が多いものですから」

宿泊施設のサービスは、その施設の宿泊料金や規模あるいはブランド性に比例すると信じてきた沙月は、自分が恥ずかしくなる。心を込めたサービスの価値は絶対であり、他と比較はできないということを、円と凧屋旅館が教えてくれた。

透馬はブルーハワイにチョコチップとラムネをこれでもかとトッピングし、沙月は抹茶に小豆と練乳をかけてもらう。円は梅シロップのみ。その潔さと渋さを、沙月はひそかに尊敬した。

みんなの前に置かれたグラスに、ピッチャーから麦茶を注ぎ、円は頬をゆるませる。

「では、いただきましょう」

「いただきます」

透馬は木の匙ですくった大きな一口をほおばり、「つめた」と身震いした。

「慌てすぎ。かき氷は逃げないから」

「でも、溶けてなくなっちゃうよ」

透馬のまっとうすぎる反論に、沙月が口ごもると、円が「一本」と透馬を指さして笑った。沙月も笑いながら、ゆっくり氷を崩す。降り積もっていた日々の疲れとストレスが、氷よりも早く溶けていく。

沙月と透馬がかき氷をあらかた食べ終わるのを待って、円が口をひらいた。

「昨夜、家に帰ったら、キッチンのガスコンロから煙があがっていました。早寝から覚めた祖母がグリルに火をつけたまま、また眠ってしまったらしく——同居の祖父はぐっすり寝ていたので、わたしが気づけてよかったです」

話しているうちに、その光景をありありと思い出したのだろう。円は肩をブルッと震わせ、「本当によかった」とつぶやく。そして透馬と沙月に向かって頭をさげた。

「気にかけてくださって、ありがとうございました」

「オレはただ、二人のおじさんから聞いた話を伝えただけ」

透馬は得意げに答えると、器を両手で持ち、味つきの水となったかき氷をのみほした。おかわりを所望したので、「次のはゆっくり食べること」と沙月は条件を付けて許してやる。

透馬は今度は最初から自分でブロック氷をかき氷機の台座に置き、ガラスの器をセットし、一人でハンドルを回しだす。その手つきが危なくないか、ひとしきり確認したあと、円は沙月に視線を移して微笑んだ。

「沙月様が透馬君の言葉を信じ、行動を起こしてくださったおかげです」

「――相手が女将さんだったからですよ」

沙月は透馬に聞こえないよう声をひそめて付け足した。

「たいていの大人は言ったところで信じないし、露骨に拒否反応を示す人も多いから、普段は私のところでとどめちゃいます――透馬には悪いけど」

わかります、と深くうなずき、円は麦茶を一口のむ。

「沙月様と透馬君からは親切のにおいがしましたから、信じないという選択はありませんでした」

「親切のにおい？」

沙月の鸚鵡《おうむ》返《がえ》しには答えず、円は自分が本当は〝若女将〟であり、〝女将〟は祖母の三千子なのだと教えてくれた。

「とはいえ祖母はもう旅館の仕事をしておりません。実質、私が女将みたいなものです」

円はしばらく迷っていたが、沙月の目を見てふたたび口をひらく。

「祖母は五年ほど前に認知症と診断されました。私や祖父のこともあまり認識してくれなくなり、最近は子どもに戻っている日も多いです。だから、透馬君が伝言してくれた内容には心当たりがありすぎて――昨夜はお二人にろくな説明もせず去ってしまい、申しわけございません。少々焦ってしまいました」

祖母による火の不始末は以前にも一度あったので、と円は淋しげにつぶやいた。

自力でかき氷を作りあげ、今度はレモンシロップにラムネと練乳をトッピングした透馬は、すぐソファには戻らず、本棚を興味深そうに見上げて行ったり来たりしていたが、やがて端の下段から何かを引っ張り出してきた。

「面白いものを選ばれましたね、透馬君」

円が笑って両手を差し出す。誘導されるように、透馬はかき氷の器を持つ手と反対側の脇に抱えてきた大きくて分厚い冊子を託し、ソファに座った。円は沙月と透馬によく見えるような角度で冊子をひらいてくれる。

「実はこれ、本ではなくアルバムなんです」

「アルバムって、写真の?」

沙月の言いつけを守って氷を少しずつ口に運びながら、透馬が尋ねた。

「ええ。親族が保管していた凧屋旅館の外観や館内が写っている写真を、私がもらって一冊のアルバムにまとめてみました。なので、他の本と違って海老澤様の蔵書ではありませんが、旅館の資料ということで、文庫の棚の片隅に並べさせてもらっています」

最初のページが一番古い写真なのだろう。和服姿の男女が、旅館の前で写っている。男性のほうは着物の上から〝爪屋旅館〟と屋号を染め抜いた印半纏《しるしばんてん》を引っ掛けていた。

旅館の建物は今と変わらないが、屋根の瓦の形が少し違うようだ。

「創業主の旦那と女将です。わたしの曾祖父の両親――高祖父母にあたります」

円が教えてくれたが、モノクロ写真は褪《あ》せて黄ばみ、粒子も粗く、二人の面影を辿るのは難しかった。創業九十年以上経つ旅館の初代ということは、だいたい一世紀前の写真だ。保存状態が悪いのは仕方ないだろう。残っていただけでも奇跡に思える。

透馬はかき氷が溶けるのもかまわず、屈み込むようにして冊子をめくっていった。やがて爪屋旅館の前で撮ったモノクロの家族写真らしき一枚に目を留め、「この人」と一人の男性を指さす。

さらにパラパラとページを進め、だいぶ後方にきて鮮やかなカラー写真が現れたところで、「あと、この人」と迷いなく指が動いた。くりくりした目をかがやかせ、得意げに叫ぶ。

「オレが見た、二人のおじさんがいたよ」

沙月が口ごもったのに対し、円は肩の力を抜いて笑う。

「透馬君が最初に示した人は、わたしの曾祖父、丹家清《きよし》です」

円の告白を受け、沙月は透馬に覆い被さるようにして、あらためて写真を見た。

爪屋旅館の建物を背に、中年女性を挟んで、若い男女が立っている。三人とも着物をまとい、女性達は髪を結い上げている。古めかしい写真の不鮮明な画質ではあるが、がっしりした体格で頬も丸々としている若い男性は、まだ三十歳にもなっていないように見えた。じき不惑を迎える沙月から見れば、青年と呼ぶにふさわしい年頃だ。

「若いじゃん。この人のどこがおじさんなのよ」

「だって、着物着てるし、おじさんはおじさんだし」

沙月の言葉に透馬はむくれ、かき氷を食べるスピードを上げる。円がとりなすように割って入ってくれた。

「戦後すぐに創業主の高祖父が急逝し、戦争から戻って結婚したばかりだった曾祖父が、旅館を継ぎました。これは、たぶんそのときの記念写真かと」

「じゃあ、こちらの中年女性が円さんのひいひいおばあさまで、若い女性はひいおばあさま？」

「はい。当時の女将と若女将です」

円はうなずき、「わたしはどちらとも会ったことはないですが」と小声で付け足した。

沙月はアルバムの最初のページに写っていた男女の姿を思い出す。あの写真では若やいだ雰囲気のあった初代夫婦も、この写真では夫の方はすでに亡くなり、妻もすっかり人生後半戦の顔をしている。時間は確実に流れ、今は必ず過去になる。

「家族写真って、なんかちょっとせつないですね」

沙月の感想をどう受け取ったのか、円はうなずいてくれた。

「曾祖父は、わたしが小学二年生の頃まで生きていました。両親は自分達で興した輸入事業、祖父母は旅館業で忙しかったものですから、わたしは爪屋を訪ねるといつも、隠居した曾祖父の部屋に遊びにいったものです。よく本を読んでもらいました」

老人と小さな女の子が肩を寄せ合って本をひらく姿を勝手に想像し、沙月の頬がゆるむ。その横で透馬はせわしなくページをめくり、もう一人の人物を指さした。

「じゃあ、こっちのおじさんは、だあれ？」

喪服らしき黒いスーツを着込んだ痩身の男性が庭園に立ち、眼力のある目でカメラを睨《にら》むように見つめている。写真の解像度がグッと上がり、色褪せもない。デジタル写真だろうか。男性の隣には、濃紺のジャンパースカート姿の女児と、彼女の肩に手を置いた黒いワンピース姿の女性が控えていた。ワンピースの上からでも、女性が細身であるのがよくわかる。体型だけでなく、そのたおやかな印象や地味ながら整った顔立ちまですべて円そっくりで、沙月はすぐに女性と女児が、円の母親と小学生の円だと言い当てた。曾祖父の葬儀を旅館で営んだ日の写真だと、円が重ねて教えてくれる。

「じゃあ、この怖い顔した男の人は、円ちゃんのお父さんなんだね」

透馬の言葉に、円は噴きだした。

「怖い顔――たしかに。父は子どもの頃から曾祖父にあまりかわいがってもらえなかった記憶があるそうで、もう十分大人になったこの日も、緊張して写っています」

「子どもの頃怖かった大人は、大人になってもずっと怖いのか」

透馬はくぐもった声でつぶやく。真顔になった円が聞き咎《とが》める前に、沙月は話を進めた。

「円さんのひいおじいさまとお父さまが同い年くらいの若い姿で、透馬の前に二人で現れたってこと？　さぞお父さまは緊張なさってたでしょうね」

「オレが見た二人は、仲良しそうだった。それに二人ともユーレイだった。円ちゃんのお父さんって、もう死んでるの？」

「透馬！」

直接的かつ無遠慮な質問をする透馬の口を、沙月はあわてて塞ぐ。さすがの円も苦笑いになったが、腹は立てず丁寧に答えてくれた。

「わたしの父は生きています。今朝、ニューヨークにいる彼に、祖母の火の不始末の件で電話したばかりなので、たしかです。それに父はひどく動揺していました。状況をあらかじめ知っていたとは考えにくいですね」

そっか、と透馬の肩が落ちる。沙月は少し救われた思いで、透馬に言ってきかせた。

「目に見えるものだけがすべてじゃないのと同じように、透馬の見えてるものだけがすべてじゃないってことだよ」

透馬はぼんやりとアルバムに目を落としたままだ。沙月の声はほとんど届いていないのだろう。やがて顔をあげた透馬は、円の父親の写真を指さしたまま言った。

「オレが見たこっちのおじさんは、もう一人のおじさんと同じように着物を着てたよ」

「着物？　浴衣ってことでしょうか？」

「どっちかな。わかんない。あと、髪ももう少し長かったかも」

「父にも長髪の時代はあったらしいです。この写真より、もっと若い時分だと思いますが。和服は――どうでしょう？　わたしは、父の浴衣姿すら見た覚えはないかな」

円は最後まで真摯に検討してくれたあと、透馬にやさしく微笑んだ。

「〝二人のおじさん〟が誰であったかはさておき、透馬君が彼らの伝言をわたしに知らせてくださったことで、祖父母が大事を免れたことは事実です。どうもありがとうございました」

円に感謝され、透馬は安心した顔で満足そうにかき氷をたいらげる。そしてソファから滑り降りると、庭園で遊んできたいと沙月にせがんだ。沙月は文庫の窓から目の届く範囲で遊ぶよう言い渡し、透馬の望みどおり一人で送りだしてやる。

*

円と二人で残され、沙月は部屋から持ってきていた本を取りだした。どうせ文庫に行くならと、返すつもりで持ってきたのだ。

円はパッと顔をかがやかせ、早口で尋ねてくる。

「『小僧の神様』、読まれました？」

「はい。わりと短いお話だったので、何回か読み返してみました」

沙月はそう言って本を差し出したが、円は受け取ろうとせず、小首をかしげた。

「短いお話なんですか？」

「え。私はそう思ったけど――個人の感覚ってやつかな。円さんはあの話、長かったですか？」

「あいにく、わたしは『小僧の神様』を読んだことがないのです」

円の思いがけない返答に、沙月はぽかんと口をひらく。円はなで肩をすぼめて、自分と沙月のグラスに麦茶をつぎ足しながらつづけた。

「というより、本が読めません。大きな文庫のある旅館の若女将なのに、お恥ずかしいかぎりです」

「いや、別に恥ずかしくはないと思うけど、本が読めないっていうのはどういう？」

聞いていいことなのかと危ぶみながら沙月が尋ねると、円は案外すんなり「アレルギーのようなものだ」と答えてくれた。

「本をひらくと、刺激臭みたいなモノに目や鼻や喉がやられてしまって」

「においで鼻が痛くなったり、涙が出たり？」

「はい。本がダメなだけで、文字が読めないわけではないので、日常生活に支障はあまりないのですが――人生の楽しみは減りますよね」

沙月は持っている本に鼻を近づけてみたが、古い紙の乾燥したにおいしかしない。

円が恥じ入るように目をしばたたいた。

「わたしの鼻というか嗅覚は、少し特殊なんだと思います」

「敏感体質みたいなものかしらね」

沙月は言葉を選びつつ相槌を打つ。円は「さあ」と頼りなげに首をかしげたあと、にこりと笑ってみせた。

「でもこの鼻のおかげでときどき、においを元にその本と引き合う人を見つけることができます」

「――じゃあ、私に『小僧の神様』をすすめてくれたのは？」

「沙月様から、この本と同じにおいがしたからです。体臭とかではなく、あくまで、わたしだけが感じるにおいですけど」

円は改めて沙月に向き直り、ぺこりと頭をさげた。

「『小僧の神様』がどんなお話なのか、よかったら聞かせてくださいませんか？」

「え。でも私、あらすじとかうまく要約できないし――」

「沙月さんの捉えたままのお話でかまいません。感想だけでも、聞きたいのです」

円の目はけっして大きくないが、黒目がちで印象が強い。じっと見つめられると、心の底を揺さぶられているような気になってくる。沙月はたまらず降参した。

「おいしいかき氷のお礼に、やってみます」

沙月は黄ばんだ文庫の表紙をひらく。昨晩読んだばかりの物語が、オルゴールの蓋をあけたように音を立てて戻ってきた。読んでいる最中に感じた苛立ちも、また。

「タイトルの〝小僧〟は、秤屋《はかりや》に奉公している仙吉という男の子を指しています。で、彼が仰ぎ見る〝神様〟の正体は、貴族院議員のAなんですけど――」

一度でいいから鮨を食ってみたいが、奉公の身でお金を持っていない仙吉。お使いのためにもらった運賃の片道分を浮かせて、屋台の鮨屋に入る。けれど、世間は甘くない。仙吉の手持ちのお金では、たった一貫のマグロの握りすら食べられないのだ。

店主に値段を聞き、仙吉が手に取ったマグロの握りを力なく戻す場面を、沙月が身振り手振りで再現してみせると、円はいたましそうに顔をゆがめた。

「せつないですね。仙吉君、かわいそうに」

「今の円さんと同じ感想を抱いた人物が、偶然、仙吉と同じ屋台にいたAです。裕福な身分で、きちんとした家庭があって、小さな子どものお父さんでもある彼は、お金の足りない仙吉が何も食べないまま屋台を去るのを、ただ見送っていました」

「ご馳走してやればいいのに」

円のつぶやきを拾い、沙月は「まさに」と指を鳴らして、本の中の該当箇所を探す。

「Aが屋台での出来事を語って聞かせた友達も、円さんとまったく同じ感想を述べていました。だけど、Aはこう答えます」


兎も角左《さ》う云ふ勇氣は一寸《ちよつと》出せない。直《す》ぐ一緒に出て他所《よそ》で御馳走するなら、まだやれるかも知れないが

「『小僧の神様』のお話は、Aがこのとき出せなかった〝勇氣〟のようなものを巡って展開していくように、私は感じました」

後日、Aはひょんなことから小僧と再会する。かわいそうな小僧のことが気になっていたAは、偶然の再会をチャンスに変えて、今度こそ小僧に鮨を腹一杯食べさせてやるのだ。但《ただ》しここでも名乗らず、鮨を頬ばる小僧を残して、一足早く店から去る。

「このときの自分の気持ちを、Aは〝**變《へん》に淋しい、いやな氣持《きもち》**〟と表現します。〝**丁度それは人知れず惡い事をした後の氣持に似通って居る**〟と」

「罪悪感ってことですか」

首をかしげつつ、円がまた麦茶をそそいでくれた。それで沙月は、自分がいつのまにかグラスを空にしていたことを知る。麦茶のピッチャーから氷がグラスに転がり落ちるたび、カラコロといい音が響いた。

沙月はありがたく麦茶を一口のみ、「でもね」と口をひらく。

「そんなふうに自身の行いについてグズグズ悩んでいたAだけど、日が経つとともにあっさり秤屋の小僧のことなんて忘れちゃうんです。一方、小僧の仙吉は忘れません。自分の心の中の願いや自分のやらかした失敗をすべて見通したように、鮨をたらふく食べさせてくれたAを〝**神様かも知れない。それでなければ仙人だ。若《も》しかしたらお稲荷様かも知れない**〟ってありがたく思いつづけます」

彼は悲しい時、苦しい時に必ず「あの客」を想つた。それは想ふだけで或る慰めになつた。彼は何時《いつ》かは又「あの客」が思はぬ恵みを持つて自分の前へ現はれて来る事を信じてゐた。


沙月は本文を読み上げ、憤慨する。

「Aが本当に罪悪感を持たなきゃいけないのは、ここだと思うんですよ。手を一瞬差しのべて、あとは知らない――って、ひどくないですか？」

円は自分のグラスにも麦茶のお替わりをついで、ゆるくて長い息を吐いた。

「沙月さんは、きっと勇気のある方なんですね」

「――どういうこと？」

「Aさんは自分のなかに〝他人の目〟を持ちすぎた結果、臆病になったのでしょう。胸にともったときには純粋な親切や同情だったはずの灯が、他人からどう見られるか、偽善と思われるのではないかと気にするあまり、揺らいで、ねじれて、消えてしまう――そういう臆病さを持っている人は多いです。でもなかには、沙月さんのように純粋な灯のまま突き進める人もいる。〝自分の目〟で自分を見る勇気のある方です」

羨ましいかぎりですと円は微笑んだ。その邪気のない顔を見たとたん、沙月は『小僧の神様』を読み返して感じた苛立ちの理由に思い当たる。

「私の場合、ただの蛮勇だから」

掠《かす》れた声で言い放ち、沙月は窓を見やった。虫でも見つけたのだろうか、透馬が四つん這いになって青い芝に頬をつけ、熱心に観察している。

「透馬は、私の産んだ子じゃないんです」

どうしてそんな告白をしようと思ったのか、わからない。円の顔を見ているうちに言葉が勝手に漏れていた。

円は沙月に横顔を見せたまま、静かに息を吸う。驚いた様子も好奇心を刺激された気配もない。キツネの行列が海上を歩いていると透馬から聞かされたときと同様に、当たり前の顔で沙月の告白を受け入れてくれた。

「妹の子どもです。でもあの子が二歳のときに、妹夫婦は交通事故で亡くなって――」

運動神経抜群で水泳も得意だった六つ下の妹は、沙月よりずっと愛想がよく、友人知人も多かった。妹の周りにいる人間は、両親含め、みんな彼女をかわいがった。沙月もそれなりにかわいがっていたつもりだ。ただ美大入学を機に実家を出る際、妹と離れることに一番解放感を覚えたのも事実だった。

以来、姉妹は双方が多忙を理由に顔を合わせる機会が減り、薄い交流がつづいてきた。互いに口にはしなかったが、致命的な衝突をしないで済むよう、あえて距離を取っていた気もする。妹に赤ん坊ができてひとまず籍だけ入れたことも、沙月にとって甥っ子となる透馬が生まれたことも、両親からの電話で間接的に知らされ、沙月は形式的なお祝いを贈った。正直、妹家族には何の興味も持てないまま、月日が流れた。

最後に間近で見た妹は、損傷の激しい遺体となっていた。隣にはろくに喋ったことのない妹の夫の遺体が並んでいた。夫婦で深夜にドライブ中、猛スピードでガードレールに突っ込んだらしい。検死の結果、飲酒運転と判明した。

妹夫婦のアパートには、二歳にも満たない透馬が一人残されていた。ひどく痩せ細り、知らない大人達が乗り込んできても、表情に変化がなかったという。すぐに調査が入り、ネグレクトが常習的に行われていたことが判明した。暴力の跡はなかったが、栄養がひどく欠乏していた。

透馬が大きな病院に入院して体力を戻すあいだに、実の親から透明人間にされていた彼の今後を巡り、行政機関の職員があいだに入って、双方の親族で話し合いがもたれた。

「でもウチの両親含め、親族の中から引き取り手は出ませんでした。みんな、『小僧の神様』のAのように臆病になって、賢く身を引いた結果です。私は人一倍臆病なくせにバカだから、その場の感情に流されて、とっさに手を挙げちゃった。私が育ててみせますって啖呵切っちゃった。蛮勇以外の何でもないです」

窓の向こうで透馬がふと顔を上げる。目が合いそうになって、沙月はあわててうつむいた。隣では、円が窓に向かってのんびり手を振っている。

「実際、養子縁組がまとまってから、何度も後悔しました。いや正直、今も現在進行形で後悔中です。一人で赤ん坊を育てる時間を確保するには、会社を辞めてフリーになるしかなかった。当然、収入は減りました。あの子をちゃんと養おうと思ったら、仕事を二つ掛け持ちしている今だってお金の不安は尽きないし、一人前に育てようと思ったら、叱るときも褒めるときも手探りになってしまう。親であることや育児にいつまでたっても自信が持てなくて、あの子が友達や先生とトラブルを起こすたび、その原因となった個性に頭を抱え、振り回されてきました。お母さんは透馬の味方だよ、透馬を信じるよってあの子に言っておきながら、どうしても他人の目を気にしちゃうんです。〝自分の目〟なんて、私は持ってないですよ」

沙月は肩で息をつき、グラスを手に取る。半分ほど残っていた麦茶をのみほした。

「私のそんな情けない本性を、透馬はいつか絶対に見抜くでしょう。なんでも見えちゃう子ですから。そしたら、あの子を引き取らない選択をした親族より、あの子を虐待していた妹夫婦より、私が一番あの子を傷つけてしまうんじゃないか――」

沙月はたまらず、両手で顔を覆う。

「そう考えたらもう、生きた心地がしなくて」

――Aみたいに〝神様〟のままでいられたら、どんなに楽だったか。

後先考えず透馬に手を差しのべてしまったことへの後悔があったからこそ、『小僧の神様』でAの思慮深い行動を〝ひどい〟と感じてしまった。読み返すたび苛立ちがたまってしまった。本当は、臆病なくらいに慎重な彼が羨ましかったのだ。自分もあそこで手なんて挙げなければ、と考えずにはいられなかった。なんと情けなく卑しい心だろうと、沙月はうなだれる。

バンユウ、と円は何度か口のなかでつぶやいていたが、ふいに明るい声をあげた。

「蛮勇でも勇気でも、どちらでもいいじゃないですか。沙月さんが頭より先に体を動かしたのは事実だし、それで透馬君は今、十分にしあわせなんですから」

「しあわせ？　そうでしょうか？」

沙月は顔を覆っていた手を取り払い、首をかたむけた。円は静かな目で沙月を見返し、乞う。

「さっき読んでくださった文章を、もう一度お願いします」

沙月はふたたび読み上げた。


彼は悲しい時、苦しい時に必ず「あの客」を想つた。それは想ふだけで或る慰めになつた。彼は何時《いつ》かは又「あの客」が思はぬ惠みを持つて自分の前へ現はれて來る事を信じてゐた。


「ほら。仙吉君はたった一度のＡさんの施しをありがたく思い、生きる希望にしてますよね。Ａさんがあとからどんなに嫌な気持ちになったかなんて、仙吉君には関係ないことで、Ａさん自身がどう感じようと、Ａさんの行動は勇気ある善行だったんです」

円はきっぱりと言い切り、窓を向く。沙月もつられて視線を投げると、そこにはいつのまにか芝から起き上がり、今度は花壇の土の上に落ちた花びらを集めている透馬の姿があった。

「透馬君にとっても、沙月さんの行動は勇気ある善行でした。しかも仙吉君の〝神様〟は二度と現れませんでしたが、透馬君の〝神様〟は二歳の頃からずっと、嬉しいときも悲しいときも苦しいときも、そばにいてくれてます。夏休みになれば旅行にだっていっしょに行けます。すごくしあわせなことじゃないですか」

まだ戸惑っている沙月に、「それに」と円は朗らかに笑いかける。

「沙月様の後悔なんて、透馬君はとっくにお見通しだと思いますよ」

「とっくに？」

動揺する沙月を励ますように、円はつづけた。

「ええ。〝神様〟が悩み苦しみながらも、自分を放り出したりせず、寄り添ってくれている――透馬君にはそこまでちゃんと伝わってると思います」

沙月はようやく窓の外に目を向ける。透馬がハッと顔をあげ、沙月と目が合うと、笑顔のまま口をぱくぱくと動かした。〝ま・だ・あ・そ・ん・で・て・い・い？〟沙月はすぐに読み解き、両手で頭の上に丸を作る。透馬はふたたび口を動かし、手を振った。

〝あ・り・が・と・う〟

沙月は手を振り返し、今、自分の頬が涙で濡れていることには気づかないでくれと願う。たとえ嬉し涙であっても、透馬に泣き顔は見せたくない。今はまだ。

＊

庭園から戻った汗だくの透馬は最後に温泉に入らせてもらい、湯上がりにかき氷をもう一杯ご馳走になった。

透馬がロビーでイチゴシロップに練乳がけという王道のかき氷を食べているうちに、沙月はフロントでチェックアウトの手続きを済ませる。

「あの子の本当の両親のこと、私の息子になった経緯を、透馬にちゃんと伝えたほうがいいでしょうか？　それがどれだけ残酷な現実でも」

明細書を受け取りながら、沙月は円に尋ねてみた。ママ友でも家族でも学生時代の友人でもない、一期一会の相手だからこそ、聞けることがある。

円は小鼻をぴくぴくさせて沙月を見返したが、ふと目を伏せ、静かな声で言った。

「私の祖母も、曾祖母と血はつながっていないそうです」

「女将さんが？」

「ええ。曾祖母が亡くなったとき死因がわからず検死することになって、曾祖母に出産経験のないことが判明してしまったと、いつか伯母が話していました」

「それは、ひいおじいさまがまだご存命のとき？」

「はい。だけど、曾祖父は祖母には何も教えてくれなかったそうです。これは、わたしが祖母から直接聞きました。出生について尋ねても、すべて〝昔のことで忘れた〟と返されてしまうから諦めたって、祖母は笑ってたけど――」

円は白い頬に睫毛《まつげ》の影を落として目をしばたたき、まっすぐ沙月を見つめた。

「祖母は曾祖父と曾祖母のことを愛しています。子どもの頃から変わらず大好きで、尊敬していると言ってました。だからこそ余計に、両親が自分に真実を伏せたのはどうしてなんだろう、自分の本当の親はどんな人だったんだろうって、ずっと考えつづけてると思います。たぶん今も。意識のどこかで」

「――それは、つらい」

沙月が思わず漏らした一言に、円は深くうなずく。

「祖母は小説が好きでした。元気な頃は、本が読めないわたしのために、よく読み聞かせてくれました。一度どうして小説を読むのか尋ねたら、祖母はこう答えたんです」

――作り話のなかにときどき覗く〝本当〟を探してるの。

円の声を通して、沙月は会ったこともない女将の心に直接触れた気がした。

そのせつなさは、小僧の仙吉とかぶる。読書が、女将の人生の欠けた部分を埋める〝神様〟だった。認知症となり小説が読めなくなった今でも、女将は〝神様〟を待っているのではないか。

かき氷を食べ終わった透馬が、フロントへ向かって駆けてくる。その姿を認め、円は丁寧に頭をさげた。

「毎度ありがとうございました。是非またいつかいらしてください」

ええ是非、とうなずきながら、沙月はその〝いつか〟を夢見る。〝自分の目〟で透馬を育て、自分の口から真実を話し、変わらず母と子として笑いあえる〝いつか〟が来たら、胸を張ってまた爪屋に泊まりに来ようと思う。来たいと願う。

そのとき、円は文庫のどんな本をすすめてくれるのか――それを楽しみに生きてみようと、沙月は決めた。

四冊目

「スマホ見ながら歩くな。工事看板にぶつかるぞ」

都築奏志《つづきそうし》は前を行く四人の少年達に声をかけた。もう三度目の注意だ。道中の電車内からずっと、四人はスマートフォンでオンラインゲームをしている。路上で殺し合う物騒なゲームらしいが、チームを組んで協力しあい、楽しそうに凶器を振り回し、時折歓声まであげていた。

——こいつらの旅行先なんて、地元の公園でよかったんじゃないか？

少年達はつい先日、奏志の母校でもある地元の公立中学を揃って卒業した。本人達はもう高校生になったつもりらしいが、法律上は三月三十一日まで中学生とみなされる。その宙ぶらりんな時間は、子どもでいられる時間のカウントダウンが始まった彼らの猶予だと、奏志には思えた。

松の木と立派な建物がつづき、別荘地あるいは高級住宅地といった町並みの細い道は、いたるところで工事が行われている。迂回をくり返して道に迷ったかと思われた頃、瓦屋根のついた門の前で、ようやくナビゲーションアプリが到着を告げた。奏志は門に掲げられた『凧屋』の看板を見上げ、首をかしげる。父の雅志《まさし》が告げた旅館の名前は、たしか違った。その名を思い出す前に、四人が好き勝手に喋《しゃべ》りはじめる。

「奏志センセ、今日はここに泊まるの？」

「えっ、ここ、旅館なの？　ちっさ」

「古すぎて怖い。幽霊出そう」

「耐震性とか大丈夫なんですか」

「奏志センセ、俺はホテルじゃないと寝られねぇ体質なんだけど」

文句を垂れ流したわりに、四人はあっさり門をくぐり、石畳を歩きだした。

奏志はため息をつき、スマートフォンから雅志に〝凧屋旅館に無事到着〟とメッセージを送る。雅志からはすぐに〝了解。引率しっかり頼むぞ〟と返信がきた。

雅志は奏志が生まれる前から、小中学生に向けた地元密着型の小さな塾『都築ゼミナール』を経営している。トップ進学校に合格者を出すのは今年がはじめてというくらい、派手な実績とは基本的に無縁だが、地元公立校の定期テスト対策が手厚いと近所の口コミが広まり、生徒の定員割れを起こすことなく四半世紀やってきた。

そんな都築ゼミナールの名物行事が、毎年三月に行われる卒塾旅行だ。中学を卒業したばかりの塾生から希望者を募り、保護者の了解を取った上で一泊旅行に連れていく。行き先は毎年違うが、引率は一貫して塾長の雅志が受け持ってきた。絵に描いたような熱血指導者タイプの雅志は、生徒各人への思い入れも強く、卒塾旅行の引率業務は「自分へのご褒美だ」と豪語していたが、今年は一介のアルバイト講師にすぎない息子の奏志にその役を譲った。譲らざるをえなかったと、奏志は見ている。

冗談とも本気ともつかぬ勢いで肩をぶつけ合い、荒っぽい声をあげながら旅館の扉をひらく四人の背中を追って早足になりつつ、奏志はつぶやいた。

「この機会に、真相を教えてもらうからな」

正面玄関で出迎えてくれた女将を見て、四人はさっきまでの勢いが嘘のように大人しくなる。爽やかな水色の和服を着こなす綺麗なお姉さんを前に、緊張しているらしい。奏志は苦笑いを嚙み殺し、予約していた旨を女将に告げた。

「都築様ご一行ですね。凪屋旅館へ、ようこそいらっしゃいました。私は若女将の丹家円です」

高くも低くもない落ち着いた声で名乗り、円は頭をさげる。結い上げた黒髪がつやつやと光った。そのやさしそうな微笑みと上品な物腰に、四人の緊張も解けたのだろう。アメフト選手のような体格の新之輔《しんのすけ》が、剃り込みの入った坊主頭を掻きながらおちゃらけてみせた。

「俺も待ってました、若女将の円さんと会えるのを」

「円さんって独身？　恋人いる？」と新之輔に便乗したのは、淳生《じゅんせい》だ。学力こそ公立の中堅高に危なげなく入れた程度だが、地頭が良く、万事そつがない。新之輔と同じおふざけでも、甘い顔立ちに好感度の高い笑みを浮かべて、引き際を心得ている淳生のそれには品があった。

「バカ。失礼だろ」

彰成《あきなり》が眼鏡を押し上げ、声を荒げる。四人の中で一番小柄だが、声も態度も一番大きい。勉強ができるのに、内申点に足を引っ張られて学校の成績が伸び悩んだのは、周りをバカだとみなす尊大さが教師達に悪印象を与えたせいだろう。ゆえに、もともと一般受験で挑戦しようとしていたトップ進学校の私立高校に推薦で合格できたのは、奇跡と呼ぶべき快挙といえた。都築ゼミナールの実績にもおおいに貢献してくれたと、雅志も喜んでいた。

円は新之輔と淳生のからかいも彰成の怒りもさらりと流して一同をフロントへ誘《いざな》うと、一番後ろに立つ柊矢《しゅうや》に目を向ける。小ぶりな鼻が上を向き、空気を吸い込んだ。

「この花の名前をご存知ですか？」

自分に突然向けられた質問に、柊矢の頬がさっと赤くなる。小動物のような雰囲気を持つこの生徒は気が小さく、極度のあがり症だ。そのせいで、志望校にも滑り止め校にも落ちて、本来の学力よりずいぶんランクを落とした高校に進むことになった。助け船を出してやろうと、奏志は円の視線を辿ってフロントの端に置かれた花瓶を見る。小さくて黄色い花が、枝の先でブドウのように連なっていた。見るのはこれがはじめての枝花だ。あ、無理、と奏志が早々に諦めたとき、柊矢の細い声があがった。

「――キブシ」

手足の細い華奢《きゃしゃ》な体に対して大きすぎる頭が、不安げに傾いでいる。

「正解です」と円はにっこり笑って拍手した。つられて、奏志と他の三人もパチパチと手を叩く。

「なんだよ、シューヤ。男のくせに、お花が好きか？」

さっそく新之輔がからかう。ガキ大将といじめられっ子の関係を連想させる二人のやりとりは、塾でもよく見かけた。言われっぱなしの柊矢をかばって、淳生が「〝男のくせに〟とか古臭いこと言うなよ、シンシン」と割って入る光景もおなじみだ。彰成が我関せずを決め込むところまで、四人組のいつもの日常と言えた。ただ今日は、柊矢が珍しく新之輔に自分で言葉を返す。

「僕、花は別に好きでも嫌いでもない。お母さんが好きなんだ。庭で育てたり、買ってきて飾ったり――頼みもしないのに名前も教えてくれるから、覚えちゃった」

そのぎこちない説明に、新之輔が目を剝いた。瞳の中にさっきまでとは違う、ねっとりした熱がこもる。

「わかった。シューヤはお花じゃなくてママが好きなんだな。この変態マザコン野郎」

なんだと、と当人の柊矢より淳生がいきり立ったところで、円の声がのんびり響く。

「嘘」

え、と固まる少年達をよそに、円はつづけた。

「キブシの花言葉です。他に〝出会い〟や〝待ち合わせ〟もありますが――」

「ずいぶん物騒な花言葉ですね」

四人組が固まったままなので、奏志が代わって感想を述べる。円は「嘘は物騒ですか？」と小首をかしげ、赤い房のキーホルダーがついた鍵を奏志に渡してくれた。

「朱の間にどうぞ。そちらの廊下を渡って左に曲がり、階段の先のお部屋です」


部屋に落ち着くと、四人はめいめい座敷の好きな場所に座り込み、さっそくスマートフォンを取りだした。ゲームのつづきをはじめる気だろう。奏志は床の間に腰かけた新之輔を注意して、レトロな応接セットが置かれた広縁の窓をあける。

「見ろよ。目の前が海だ」

「だから何？　奏志センセ、三月の海なんて寒くて泳げないって」

「泳ぐだけが海じゃないだろ。砂浜を散歩したり――」

奏志は途中で言葉を切る。こちらを見る四人の目が冷たかった。新之輔がおおげさに肩をすくめてみせる。

「男だけで砂浜を散歩して、何がおもしろいんだよ、奏志センセ。円さんと歩けるならともかく」

「何だ、シンシン。相当気に入ってんじゃん、円さんのこと」

淳生にからかわれても新之輔は動じず、澄まして答えた。

「マヨイちゃん亡き今、俺の推しは円さんだ」

「マヨイちゃん、って?」

奏志が何気なく尋ねると、四人が一斉に顔を見合わせた。えーとそれは、と珍しく新之輔が言葉を濁す。代わりに、彰成が眼鏡の奥の目を光らせた。

「中学の社会科教師のあだ名。奏志センセには関係ないでしょ」

その鼻で笑うような言い方にカチンときて、奏志はむきになってしまう。

「いや、あるね。俺は今年、教育実習で君らの母校に行く予定なんだから。マヨイちゃんって人が四月に転任しないかぎり、世話になる可能性がある」

四人はふたたび顔を見合わせた。沈黙がやけに重苦しい。と、いきなり淳生が立ち上がり、明るい声で宣言した。

「俺、やっぱり海に行ってくるわ」

「泳ぐのか?」と目を剝いた新之輔に対し、淳生は笑う。

「泳ぐか、バカ。せっかくの春休みに風邪引きたくねぇよ。SNS用に何か撮ってこようかと思って」

「いいじゃん。青春っぽいやつ撮って、じゃんじゃんあげようぜ」

意外にも彰成が乗り気になった。新之輔は自分のSNSアカウントを持っていないらしく、この機会に作ると息巻いている。

「柊矢は？」

　さっきからずっとスマートフォンの画面から目を離さず会話に加わっていなかった柊矢に、淳生が尋ねる。淳生と柊矢は家が近く、幼稚園からいっしょらしい。面倒見のいい淳生がいつも柊矢の世話を焼き、兄弟のように見える。柊矢は話を聞いていなかったようで、あげた顔があからさまにうろたえていた。その頭をぱしんとはたき、新之輔が大声を出す。

「さっきからおまえのスマホ、ピコピコうるせぇんだよ。どんだけ連絡くんの？　どうせママからだろ。心配しすぎって言っとけ」

「ご、ごめん」とうわずった声で謝り、柊矢はスマートフォンをポケットにしまった。新之輔は舌打ちして、淳生に向き直る。

「シューヤは、みんなが行くなら行くよ。いつもそうじゃん」

　勝手に決めつけられても、柊矢は特に異を唱えない。この子はいつもそうだよなと、奏志は塾での様子を思い出した。仲間内でどんなにイジられても、バカにされても、柊矢は怒らなかった。ただ少し困ったように微笑むだけだ。

　次の目的が決まると、少年達の行動は早かった。スマートフォンだけ持って、身軽に部屋を出ていってしまう。

　置きざりにされた奏志は、あわてて彼らの背中に向かって声を張った。

「俺もあとから行くよ」

「奏志センセは来なくていいっす。幼稚園児じゃあるまいし、俺ら、保護者抜きでも安全に遊べますって」

淳生が振り返り、ぴしゃりと断ってくる。奏志はおおいに鼻白み、「海には入るなよ」と念を押すので精一杯だった。


あ、と後ろで声がして、奏志は伸ばしかけていた手を引っ込める。振り向くと、円が新聞紙にくるんだ花を抱えて立っていた。

「触ったら、まずかったですか?」

聞きながら、奏志はあらためて周りをみまわす。波の音が規則的に聞こえてくるのどかな空気に退屈し、旅館の中を歩きまわった末に辿り着いた部屋だった。フロントとロビーを突っ切った一番奥にある、半地下のようなスキップフロア。薄暗くひんやりしたその空間に興味がわいて階段をおりると、天井までの本棚が迎えてくれた。どっしりした木の本棚にささった書物はどれも古く、背表紙のタイトルが褪《あ》せたり掠《かす》れたりして読めないものも多々ある。見知った著者名を見つけて、出版年がどれくらい古いのか見てやろうと手を伸ばしたとき、円の声がしたのだ。

円はあわてたように首を横に振る。

「いえいえ。ここは、お客様が自由にご利用いただける文庫です」

「あ。ブンコって、その文庫か」

「え?」

「いや、宿泊の予約を取ってくれた父が、こちらを〝ブンコ旅館〟って呼んでたんです。俺てっきり旅館の名前だとばかり――」

ああ、と円の頬がゆるんだ。

「文庫旅館――当旅館の文庫や収蔵本を気に入って、そう呼んでくださるお客様が少なからずいらっしゃるようです。本当の名前は昔から凧屋。凧屋旅館です」

奏志はうなずき、さっきから気になっていた一冊を棚から抜き出す。『芥川龍之介讀本』とタイトルのついた分厚い単行本だ。奥付を見ると、昭和十一年発行だった。定価は一円五十銭。その値段にも驚いたが、値段の上に著者の芥川龍之介と編者の室生犀星、両名の印鑑が捺《お》された薄紙が貼られていたことに、奏志は驚きを通り越して感動すら覚えた。

「これ、本物の印鑑ですか？」と隣にきた円に聞いてしまう。

「そうです。著者検印という昔の出版制度で、発行部数を確認するために作家本人の印鑑が捺されています」

祖母から聞いた話ですけど、と円は知識の出所を律儀に明かした。

奏志はまじまじと奥付を見つめ、ため息を漏らす。印鑑が本物だからといって、作家本人が捺したとは限らない。それでも、教科書でしか知らなかった文豪の生身が感じられた。

「芥川さん、お好きなんですか？」

「ええまあ。なんか文豪って、ロマンがあるじゃないですか。俺の一番好きな文豪の小説は、夏目漱石の『こころ』なんですけどね。こちらの文庫にはなかった」

奏志の何気ない指摘に、円の眉が八の字にさがる。

「それは残念です。当文庫の蔵書はすべて海老澤様という、曾祖父の時代のお客様の御本でして――」

「なるほど。じゃあきっと、その海老澤さんは『こころ』がお気に召さなかったんだな。本の好みは人それぞれですからね」

円は「そうですね」とうなずいたあと、ふと背伸びして、奏志の後ろを眺める。

「男の子達は、まだ海に？」

彼らが出ていく際にフロントで少し話したと、円は教えてくれた。四人が円に馴れ馴れしい態度を取っていないことを願いつつ、奏志はうなずく。

「はい。まだ帰ってきません。引率は断られました」

「そういうお年頃ですよね」

円はふふふと笑った。そのやさしい笑顔のまま、奏志を見つめる。

「塾の生徒さんだとか」

「――ええ、まあ」

「都築様は塾の先生だったんですね。お若いのでまだ学生さんだとばかり――」

「あ、いや、学生ですよ。俺、大学生です。塾講師はアルバイト」

「そうなんですか」

「はい。父が塾長をしてる塾で、雇われてます」

円は黒目がちな目を向け、じっと耳をかたむけた。その様は話を〝聞く〟というより〝吸い込んでいる〟気がして、奏志の口は勝手に動きだす。

「子どもの頃から父の仕事を間近で見てたせいか、わりと早いうちに先生――中学教師になろうと決めて、教育系の大学に進んだんですけど、いざ塾の生徒達と旅行に来たりすると、揺らぎますね」

「揺らぐ？」

「俺に中学教師なんて務まるかなーって。だって面倒臭いんですもん、十五歳」

正直に愚痴った奏志に同調するでもなく、眉をひそめるでもなく、円は悠然と微笑んだ。そして話の途切れたタイミングで、文庫内に置かれた透明ガラスの花瓶に花を活けにいく。残された奏志は、その場に立ったまま本をひらき、ページをめくった。

目次には読んだことのある、あるいは読んでいなくても名前は知っている有名なタイトルが、ずらずらと並んでいた。芥川龍之介本人、本人の家や墓、自筆の原稿や書簡をうつした写真も収録されており、全集的な役割を持つ本らしい。

編者の室生犀星によって書かれた巻頭序文を読み終わったあたりで、「よろしければ」と遠慮がちな声がかかる。声のした方を見ると、円が花瓶の横にちょこんと立っていた。活けられた枝物は、フロントに飾られていた花と同じだ。ブドウみたいに連なった黄色い花、キブシ。花言葉は「嘘」。

「その本、チェックアウトまでお貸ししますよ」

奏志の視線が目次の上に落ちると、円は鼻を上に向け、空気を嗅ぐ。

「今の都築様に必要な物語でしょうから」

その静かな断定に、奏志はびくりと肩を揺らした。実は、目次を眺めたときに引っかかったタイトルがあった。タイトルは前から知っているが、ちゃんと読んだことのなかった小説だ。今の円の言葉を聞いて、旅のあいだに読みとおす気になった。あの四人と共にいる今だからこそ、読みたい。

「ありがとうございます。では、お借りします」

そう言うと奏志は本を閉じ、胸の前で大事に抱えた。

＊

海でたっぷり遊んで帰ってきた四人組は、腹が減ったと風呂の前に夕飯を所望した。旅館に伝えてあった食事時間より少し早かったが、円は笑顔で対応してくれる。ほどなく声がかかり食堂におりていくと、全員が思わず歓声をあげるほどのたくさんの皿が、テーブルに並んでいた。なかでも、シンプルにソテーされた分厚い牛肉の塊が一番目立っている。十五歳と二十一歳という食べ盛りの男性宿泊客に合わせてくれたメニューらしい。

「いただきます」のあとは、ほとんど誰も喋らず、咀嚼音《そしやくおん》のみが響き渡った。誰よりも早くたいらげたのは、新之輔だ。白米を三杯もおかわりしてお櫃《ひつ》を空にしたにもかかわらず、やっと腹八分目だと言い放つ。

しかし、新しいお櫃を抱えてやってきた円が「もう一杯いかがです？」と茶碗に手を差し出すと、新之輔はしどろもどろ言い訳しながら席を立ち、食堂を出ていってしまった。坊主頭からのぞく耳が赤い。

隣の席で、デザートの桜のチーズケーキを食べていた淳生が、奏志にささやいた。

「推しとか言ってたけど、シンシン、あんがいマジかも」

奏志は「かもな」と適当に流して、自分のデザート皿を手つかずのまま脇へずらす。

「ところでさ」

なるべく自然に話をつなげようと思ったが、声が掠れてしまった。奏志は咳払いをしてグラスの水を二口ほどのんでから、他の二人には聞こえないよう小声でつづける。

「君ら四人、塾長と何かあった？」

「えっ」

淳生は二重幅の大きな目をみひらき、ついで激しくまばたきした。長い睫毛《まつげ》がばさばさ動くのを見ながら、奏志は満を持して詰めていく。

「去年の秋の終わり頃から、みんなで塾長を避けてるよな。全然話しにいかないし、塾長の呼びかけにも応じない。埒《らち》が明かないから、例年だと塾長が担当する中三の入試前特訓も卒塾旅行の引率も、バイト講師の俺がやる羽目になった」

淳生は唇を結んだまま、動かない。その目からは、言おうかどうしようか迷っているのではなく、言わないと決めて沈黙している意思がうかがえた。奏志は探り方を変えて、なだめる口調になる。

「塾長は教え子の指導に熱心すぎて、ウザいところがある。それは、息子の俺も認めるよ。けどさ、淳生達四人のことは、小学生の頃からとりわけ可愛がってたんだ。君らも塾長に結構なついてた気がしたけど――何でこじれちゃったわけ？」

淳生の視線がほんの少しぶれる。その先には、奏志の向かいでチーズケーキの付け合わせのバニラアイスを頬ばりながらスマートフォンに目を落とす柊矢の姿があった。

奏志はさらに声を低めてささやく。

「正直、俺は今の状態がもどかしいのよ。ウチの塾は小中学生向けだろ？　君らとはもう接点がなくなっちゃうわけ。もし何か行き違いがあったのなら、この春休み中にスッキリさせたほうが、互いにとっていいんじゃないかなあ」

「それは――無理っす。ごめんなさい」

淳生はかたい表情で頭をさげると、奏志から顔をそむけ、柊矢に話しかけた。

「シューヤ、食い終わった？　ちょっと待ってて。俺もあと一口だから」

言うが早いか、淳生はデザートの皿を持ち上げ、チーズケーキを一気に掻き込む。奏志に会釈して席を立つと、柊矢と連れ立ってわざわざ厨房の前までいき、板前らしき男性に「ごちそうさま」をきちんと告げてから食堂を出ていった。四人のリーダー格の彼なら事情を知っているだろうと最初に水を向けたが、口を割らせるのが一番難しい相手だったかもしれない。

舌打ちが聞こえて、奏志は斜め向かいに座った彰成を見た。目が合うと、彰成はむくれたように唇を突きだす。

「あいつら、常識ないっすよね」

「常識？」

ピンときていない奏志を小馬鹿にしたように眺め、彰成は薄い肩をすくめた。

「普通は、いっしょに卓についた全員が食べ終わるのを待ってるもんでしょ」

「あー」

彰成の皿には、メインのステーキがまだ三分の一以上残っている。彰成が仲間の誰よりも小柄な理由がわかり、奏志はつい言ってしまう。

「料理が多かったら残しても――」

「多くないです。これくらい食べきれる」

早口で叫んだ彰成の顔に浮かんだ羞恥の表情を見て、奏志は口をつぐんだ。十五歳のコンプレックスは地雷に等しい。テーブルに気まずい沈黙がおりたところへ、円がひょいと顔を出す。水色の着物と朱色の前掛けのコントラストが、目に鮮やかだ。

「お肉、温めなおしましょうか」

「お願いします」

うつむいたままの彰成に代わって、奏志が彼の皿を差し出した。円は恭しく受け取り、厨房へと戻っていく。その後ろ姿を横目で見送っていた彰成が、つぶやいた。

「シンシンは、年上ばかり好きになる」

「ばかり、って――ああ、新之輔の前の推しは、中学の先生だっけ？」

奏志は話題が変わったことにホッとして、話にのる。彰成はうなずき、奏志の顔を見ながらゆっくり「マヨイちゃん」と、教師のあだ名を口にした。

「あの三十路の独身女教師を推す生徒は、シンシン以外にもたくさんいたけどね」

「へー。マヨイ先生、モテモテじゃん」

奏志の軽口を無視して、彰成は吐き捨てるように言う。

「中坊はバカだから、フワフワした見た目だけで簡単に騙《だま》されるんすよ」

「バカって――」

「だってあの女、依怙贔屓《えこひいき》で内申点決めるんすよ。どんだけ可愛くても、教師としては失格じゃん？　そんなヤツに進路指導を担当させるなんて、学校もバカすぎ」

「まあでも、そのマヨイ先生が内申点を上げてくれたから、彰成は逆転満塁ホームランをかっ飛ばせたわけだろ？」

奏志は諫《いさ》めるつもりで、彰成が志望していた私立のトップ進学校に推薦で入ったことを思い出させた。

狙い通り、彰成は顔色を白くして黙り込む。やがて眼鏡の奥の目をぎらつかせ、挑戦的に奏志を見つめた。

「子どもに何か教えてやろうとか思うヤツ、ロクな人間じゃないっす」

「決めつけんなよ」

俺もその一人なんだぞ、と奏志は冗談めかして付け足しつつ、心がざわめく。自分も薄々そう思っているからこそ感じる居心地の悪さを見抜かれた気がした。

彰成はそんな奏志の様子をじっと観察しながら、「決めつけたくもなりますよ」とスマートフォンを取り出す。ロック画面の壁紙は、牙のような八重歯が覗くアニメ絵のかわいい女の子だ。その女の子を奏志の視線から隠すように操作して、彰成は一枚の写真を表示してみせた。

暗がりのなか、二人の男女が歓楽街らしい町並みの歩道に立って見つめあっている。拡大された写真らしく画質は粗かったが、奏志はすぐに男性の正体を見抜けた。くたくたになったジャケットも、てっぺんが薄くなった髪も、腹の突き出た中年体型も、よく見慣れている人物だ。

「――父さん？」

奏志は驚きすぎて、生徒の前では父親を「塾長」と呼んでいることを忘れた。都築ゼミナールのアルバイト講師ではなく、都築雅史の息子としての声が出てしまう。

「ですね。で、こっちはマヨイちゃん」

彰成は感情を抑えた口調で、雅志の隣の女性を指し示した。こちらは初見のため、顔立ちがよくわからない。ただ風になびく長い髪やAラインのワンピースに包まれたやわらかそうな体つきから、女性らしさが伝わってきた。

「これ、いつの写真？　なんで二人がいっしょに？」

呆然とつぶやいている奏志からスマートフォンを取り上げて隠し、彰成は薄笑いを浮かべる。

「入試前特訓の直前だから、去年の十一月くらいかな。塾長とマヨイちゃんがラブホから出てきたところ」

「何だって？　おい、本当に二人はラブホテルにいたのか？」

奏志の剣幕が予想外だったのか、彰成の顔にチラリと後悔の色がよぎった。目をそらして息を吐く。

「シンシンが目撃して、写真に撮って、俺らにそう報告してきたんだよ」

父親が隠し撮りされただけでなく、その写真が拡散されていると知り、奏志はめまいを覚えた。

「〝俺ら〟って、いつもの四人か？」

「そう。四人で作ったメッセージグループに、シンシンが送ってきた」

あっさりうなずく彰成が憎らしい。奏志が無意識に固めた拳を見て、彰成は唇をゆがめた。

「俺、マヨイちゃんが不倫しようがパパ活しようが、別に何とも思わないっす。前からあの女は教師としても人間としても失格の最低野郎って思ってたし。でも塾長は——ショックだったな。小うるさいし格好悪いけど、勉強教えるのうまいし、人間として尊敬してたから。なんていうか、すっげー失望した。やっぱり子どもに何か教えてやろうとか思うヤツにロクな人間はいないんだって確信した。みんなもそうだったんじゃないかな」

それで彼らは雅志に反旗を翻したのだと、奏志は納得する。信頼していた分、反感と嫌悪が強く表れた。時期的にもドンピシャだ。こうなってくると、雅志が生徒のボイコットを黙認したのは、四人の豹変した態度に思い当たるふしがあったせいではないかと勘繰《かんぐ》ってしまう。奏志が苦しげに首を横に振っているのを見て、彰成は言った。

「塾長の息子の奏志センセには、最後まで言わないでおこうって思ってた。淳生にも口止めされたし。けど奏志センセが、俺らと塾長の仲直りを変に期待して踏み込んでくるから——」

どうやら彰成は、奏志と淳生のさっきの会話を聞いていたらしい。奏志は自分のお気楽さと愚かさに耳が熱くなった。

「何も知らずにしゃしゃり出て、悪かったよ。淳生も困っただろうな」

ごめん、と奏志が頭をさげたところに、円があたため直した肉の皿を持ってきてくれる。彼女の姿を見て、奏志は夕飯前に読み終えた芥川龍之介の小説を思い出した。

「あれ？　奏志センセ、行っちゃうの？　俺、まだ食べてるんだけど」

椅子を引いてせわしなく立ち上がった奏志に、彰成が眼鏡の奥の目を険しくする。「悪い。ちょっと」と奏志は片手を顔の前に立てて謝った。

彰成以外の人間からも話を聞いてみたい。真実は人の数だけあると、読んだばかりの小説が教えてくれたから。今日、あの小説を読んだのはきっと――

「何かのご縁ですから」

胸の内をあっさり言葉にされて、奏志は目を剝いて円を見る。しかし円の視線は、彰成に向けられていた。彰成の前の席にすとんと腰をおろし、にっこり微笑む。

「ごはんを食べながら、少し数学を教えてくれませんか？」

「数学？」と甲高い声をあげた彰成に、円は皿といっしょに持ってきた新聞を広げてみせた。

「中学生レベルの数学を用いたパズルコーナーがありまして、毎回挑戦してるんですけど、一度も解けたためしがありません。お力をお貸し願えたら――」

恥ずかしそうにお願いする円に、彰成の顔がパッと輝く。さっきとは打って変わって肉をもりもり食べながら、得意げにパズルを解きだした。解き方の説明はあまり上手とはいえないが、円は熱心に拝聴している。そんな円に軽く会釈して、奏志がその場を離れようとすると、背中に彰成の声が当たった。

「全部暴いてみてよ、奏志センセ。どうせなら何もかも」

どういう意味だと振り返ったが、彰成は数学パズルから目をあげようとしない。奏志は仕方なくそのまま廊下に出た。歩きながらふと思う。数学が彰成の得意科目だと、円はなぜわかったのだろう？　たまたまだとしたら、ずいぶん大胆な賭けをしたものだ。他の三人なら、数学と聞いただけで逃げだしていたに違いない。

部屋に戻ると、新之輔の姿がなかった。淳生と柊矢は畳を埋め尽くした五人分のふとんに寝そべり、テレビを見ている。四人全員揃ったら露天風呂に行くつもりだと、淳生が説明した。奏志が新之輔の行方を尋ねたところ、五分くらい前にスマートフォンに着信があって出ていったと、柊矢が教えてくれる。言ったそばから柊矢のスマートフォンにも着信があったが、柊矢は取ろうとしない。

「出なくていいのか？」と奏志と淳生の声が揃うと、柊矢は顔を赤くしてうつむいた。

「お母さん――だから」

奏志は窓を見る。広縁の窓の外は、もう真っ暗だ。向かいがすぐ海なので、灯りがない。波の音がやけに大きく響く。突然、奏志の心にさっきまでとは違う焦りがじわりと湧いた。〝中学生、行方不明〟〝中学生、夜の海に落ちる〟などの新聞活字が次々と頭に浮かんでくる。

「ちょっと俺、新之輔の様子を見てくるわ。おまえらは部屋から出るなよ」

絶対に、と奏志が念押ししたら、淳生と柊矢がチラリと目をあげた。口はひらかずとも「うるさいなあ」という声が聞こえてくる目つきだ。アルバイトの塾講師として短時間、勉強だけを見ていればよかった時は〝話の通じる先生〟でいられたが、四六時中いっしょにいて監督責任を負わされるとそうもいかない。中学教師になったら、生徒からこんな目で見られることがたびたびあるのだろう。耐えられるのか、俺。耐えてまで就きたい職なのか。奏志は自問に疲れて部屋を出る。フロントを経由して玄関に向かっていたところ、背中のほうから新之輔の猛々しい声が聞こえてきた。

「だから、わかってるって。いっしょに行けばいいんだろ」

振り返って目をこらすと、ブラケットライトの淡い光に照らされたロビーの窓際に、大柄な人影が揺れていた。ほどなく声は途切れ、ソファにどさりと身を投げ出す音がする。光の下、一人掛けソファに深く沈み込んだ新之輔の横顔が、歪んでいるように見えた。奏志は「新之輔」と声をかけてから、ゆっくり近付く。

「奏志センセ？」

「そう。電話終わった？」

新之輔はあわてて奏志に背を向け、掌《てのひら》でゴシゴシと顔をこすった。

「俺の話、聞こえてた？」

そう尋ねてから、新之輔がこちらを振り向く。こすりすぎて赤くなった頬が痛々しい。どんぐり目の中の光は、袋小路に追い込まれたネズミのように震えていた。

「〝いっしょに行けばいいんだろ〟ってところだけな」

奏志が正直に打ち明けると、新之輔は小さくうなずく。

「ウチの両親、もうじき離婚するんだわ。父親の浮気がバレて、母親が病んだっつーか、メンヘラのちょっとヤバイ人になっちゃって――修復不可能なんだって」

「電話相手は、お母さん？」

「うん。離婚して一人になったら、あの人ますますオカシクなっちゃいそうだから、俺は母親側についたんだけど――生活費が足りないだの、住む町と家が見つからないだの、毎日鬱陶《うっとう》しい報告と相談ばっか。俺にどうしろっての」

「新之輔、引っ越すのか？　高校は？」

「さあ？　俺バカだし、この先は貧乏暮らし確定だし、母親ヤバイし、高校通えねぇかも。入学する前に退学かな」

新之輔は掠れた声で笑い飛ばしてみせたが、顔色が悪かった。奏志は黙ってまばたきする。気の毒だと同情するだけでは、足りないと思う。こういうとき父さんなら生徒に何て声をかけるだろうと、いつもの癖で思いかけ、あわてて打ち消した。

「で、何？　奏志センセが俺に何の用？」

突然いつものふざけた口調に戻られ、奏志は口ごもる。新之輔が話題を変えたがっているのは明らかだった。奏志は新之輔に聞きたいことがあったと思い出したが、今の彼にぶつける質問ではないだろうと判断して、お茶を濁す。

「ああ、えっと、淳生達が待ってたぞ。みんなでいっしょに露天風呂入るんだろ」

新之輔は「それで、わざわざ呼びに来てくれたわけ？」と意外そうな顔をしつつも、きびすを返した。奏志が手持ち無沙汰にロビーのソファに腰をおろしたとたん、小さくメッセージの受信音が聞こえる。奏志が自分のスマートフォンを確認していると、バタバタとスリッパの裏をこするような足音が近付いてきた。戻ってきたのは、スマートフォンを握りしめた新之輔だ。奏志と視線がかち合った瞬間、怯《おび》えているような申しわけなさそうな、不思議な表情を見せる。

「やっぱり奏志センセは、俺に用があったんじゃん」

「え？」

「アッキーのアホが、奏志センセに見せちゃったんだろ？」

「——ああ、写真のこと？」

どうやらさっきの着信音は、彰成から四人のグループに送られたメッセージだったらしい。ソファに沈み込んだままの奏志の感情が読めないのか、新之輔は気まずそうに坊主頭を掻いた。

「たまたまなんだ、ホントに。母親のカウンセリングに付き添った帰りに、偶然、目撃しただけ」

「二人がいっしょにいたことは、事実なんだな？　あの写真は合成でも何でもないと」

わずかな望みが断たれ、奏志の声は細くなる。そのまま泣きだすとでも思ったのか、新之輔は猫なで声になった。

「隠し撮りしちゃったことは、悪かったと思ってる。でもマヨイちゃんと塾長、二人きりだし、互いの距離もすげー近かったから、俺ショックで思わず――」

「カメラを向けたし、撮った写真を塾仲間のメッセージグループに送った、と」

言葉を引き取り淡々と語ってみせる奏志に、新之輔はあわてて口を挟む。

「あいつらにだけだよ、マジで。他には拡散してねぇから信じてよ、奏志センセ」

「信じたいね」

奏志は肩をすくめ、ソファから立ち上がった。身長はほとんど同じくらいで、横幅は新之輔のほうが確実にある。喧嘩ではとても勝てそうにない。

「でも、父さん――塾長が若い女性とホテルから出てくるなんて――家族の贔屓目かもしれないけど、ありえないんだよな」

奏志の力のないつぶやきに、新之輔は「あ」と小さな声をあげた。

「それは――ごめん。盛った」

「もったい」

「うん。話を盛った。俺、塾長とマヨイちゃんがラブホから出てきたところを目撃したわけじゃない。二人がカラオケボックスから出てきたところに行き当たっただけ」

カラオケボックスぅと語尾をあげて、奏志はふたたびソファに沈み込む。

「つまり、新之輔はカラオケボックスをラブホテルだと嘘をつき、三人に写真を送ったわけか」

「嘘っていうか盛っただけ――いや、はい、嘘つきました。だけど、カラオケボックスに男女二人きりで入るのも、十分ヤバイでしょ？」

「思慮が足りないことは認める。ただカラオケボックスなら、中で二人が何をしていたのかより、そもそもどうして二人がいっしょにいたのかを最初に考えたんじゃないかな、俺も他の三人も」

奏志が感情を抑えて平坦な声で言うと、新之輔はようやく自分が軽い気持ちで「盛った」ものの大きさに気づいたようだ。幼い子どもが泣く前のように、くしゃっと顔を歪《ゆが》め、「すみませんでした」と坊主頭をさげた。

＊

四人組といっしょに大浴場へ行く気にはなれず――四人組もまた、自分がいっしょにいたら気まずいだろうと考え――、新之輔を先に帰したあと、奏志はしばらくソファに身を委《ゆだ》ねていた。

フロントに人の気配を感じて首をのばすと、円がいる。宿泊客の夕食もふとんの準備も済んで、一息ついたところか。その清楚な立ち姿に、奏志がうっかり見惚《みと》れていたら、気づかれてしまった。円が変に身構えたりせず、笑顔で近付いてきてくれたことにホッとする。

「さっきは、どうも」

奏志はまず、食堂で彰成の相手をしてくれたことに礼を言う。円は「いえいえ、こちらこそ助かりました」と、彰成が見事に数学パズルを解いたことを報告してくれた。

「あっという間でした。すばらしい頭脳をお持ちです。それに夕食も完食してくれて」

「——案外わかりやすく調子にのるタイプなんだな」

奏志が意外そうにつぶやくと、円はたおやかに笑う。そして、少しあらたまって小首をかしげた。結い上げた黒髪が、ブラケットライトの下でつやつやと光る。

「だいじょうぶですか？」

「え」

「食堂では、顔色がすぐれませんでしたが」

奏志の窮地を見抜いた上で、助け船を出してくれたらしい。サービス業の極みだと感嘆しつつ、奏志は円の黒々とした瞳に吸い寄せられる。わずか一泊二日の旅行中に発見された大きな地雷におののくばかりだったが、円と話せばその処理に赴く勇気が湧いてきそうな気がした。

奏志は「座ってください」と自分の真向かいのソファをすすめ、ゆっくり口をひらく。

「芥川龍之介の『藪の中』ってご存知ですか？」

「知ってます。読んだことはないけれど」

腰掛けた円の顔は、未読を恥じるように赤くなった。その可憐さに心を洗われ、奏志の口調は砕ける。

「俺も今日まで、ちゃんと読んだことはなかったんですけどね」

「では、お貸しした『芥川龍之介讀本』の中に？」

「はい。収録されていました。というより、あの本は『藪の中』が読みたくて借りたようなものです」

でしょうねと、円はうなずいた。ぽかんと口をあける奏志に対し、微笑んで言う。

「人は無意識に、そのときの自分と同じにおいがする本を選びがちなんです」

「におい――？　まあ、たしかに俺自身も今、藪の中にいる状態ですけど」

思い切って打ち明けた奏志に対し、円がことさら反応することはなかった。ただ瞳を煌《きら》めかせ、小説の内容を教えてくれとせがんだだけだ。短い話だし、文豪と称される作家の書いた文章だから自分で読んだほうがいいと、奏志は渋ったが押し切られた。

「ええと、『藪の中』では、武弘《たけひろ》という一人の男が山中で殺されます。その事件について、平安時代に刑事的役割を担っていた検非違使《けびいし》が、武弘と関わりのあった人達に事情聴取していく形で話が進むんですけど――最後の一人の供述が終わっても、結局、犯人がわからないんですよ」

奏志は最初ミステリーのつもりで、謎解きの糸口を探して各人の供述を読んでいたことを打ち明ける。

「馬、小刀、太刀、弓矢あたりの証拠品らしき物が文章中に出てくるんで、弓矢の本数が供述者によって変わっていないかと確認したりして――でも、無駄でしたね。証拠や証言をつなぎあわせても、事実には辿り着けない。モヤモヤしながら何度か読み返しちゃいました」

「あ、もしかして〝真相は藪の中〟って言葉は？」

「この小説が語源となってるみたいですね」

奏志の言葉に、円は目に力を込めて何度もうなずく。そしてふいに尋ねてきた。

「だけど、都築様なりに『藪の中』の真相を見つけられたのでは？」

「真相ですか？　真相――というか真実は人の数だけあるんじゃないかと、俺は思いました」

本を読み返すうちにふと胸に浮かび、彰成と新之輔という二人の少年と話したことで実際に痛感した言葉が、奏志の口からするりと出ていく。

「犯人探しを一旦脇に置いて、各人の供述を順番に読んでいくと、人間がどれだけたくさんのタグをつけた生き物であるか、よくわかるんです」

「タグ？」

「ハッシュタグです。たとえば、主要人物の一人である武弘の妻、真砂《まさご》という女性だけでも、#勝ち気な娘、#菩薩のような女、#魔性の女、#貞淑な妻、#身も心も汚れた哀れな女、#血も涙もない鬼、と供述者ごとに全然違うタグがついていく。こうなってくると、タグの中にだって本当の姿があるとは限らない気もして――」

奏志は喋りながら、父親として、教育の道を進む先輩として、自分がずっと尊敬してきた雅志と、マヨイちゃんと二人きりでカラオケボックスにいた雅志についたタグを考える。

「だとすると、『藪の中』に犯人なんて最初からいないのかもしれませんね」

円の口から唐突に飛び出した説に、奏志はぽかんと口をあけた。奏志の視線を受け、円はふたたび頬を赤くして恐縮する。

「すみません。私、読んでもいないのに。でも都築さんのお話を聞いて、そんなにおいがしたんです」

「また、においですか？」

「ええ。作中、登場人物達にどんどんタグがつくのと同じように、芥川さんは作品そのものにタグを引き寄せる仕掛けを施したのかもしれないと、においました」

円の独特な表現に気を取られつつ、奏志はソファに座り直して確認する。

「つまり、『藪の中』という小説自体が無数のタグを持つってことですか？」

円はうなずく。もう恐縮した様子はない。小鼻がひくつき、声に力がこもった。

「言い換えると、芥川さんの『藪の中』は、読者の数だけ解釈できる小説なんです」

#ミステリー、#ホラー、#心理小説、#恋愛小説、奏志の頭の中に無数のハッシュタグが現れ、「たしかに」と声が漏れてしまう。実際、自分も読み返すたび、作品の見方が変わっていったではないか。

「だとすれば、犯人はいてもいなくても関係ない。一人の男性が殺された事実を、彼をめぐる各人の証言を、読者がどう受け取るかによって成り立つ小説なんです。芥川さんは、そんな懐の深い小説を書いた作家なのではないでしょうか」

尊敬が滲んだ円の意見を聞き、奏志はなぜか自分が励まされている気がした。円の言葉にも、無数のタグが含まれているのかもしれない。

奏志はソファから立ち上がりながら言う。

「だとすれば藪は案外、藪じゃないのかもしれませんね」

「都築様がそう思うなら、さもありなん、です」

円の同意を受けて、奏志は自分が雅志につけたタグも、四人組によってつけられたタグも、一旦すべて取り払う覚悟を決める。まっさらな目で、父親を見てみようと誓った。

*

波の音だと思ったら、お湯がこぼれる音だった。温泉に浸かりながら、雅志への質問状めいたメッセージの文面を考えていたら、ウトウトしてしまったようだ。四人組とは時間をずらして入った大浴場は、広々していて気持ちがよい。全身からいつもと違うにおいがして、ああ旅だなと思う。せっかくだからと露天風呂へつづく扉をあけて、外に出た。三月の海風がぴりりと体を刺したが、湯に浸かれば難なく耐えられる。赤い湯を掬《すく》うと、わずかに鉄のにおいがした。

ずいぶんと高いところに浮かんだ小さな月を見ながら、奏志はゆっくり百まで数えて風呂をあがる。「百まで」という基準は、幼い頃いっしょに風呂に入っていた雅志が決めたものだと気づき、奏志はうんざりした。二十一歳の今日まで雅志といっしょに暮らし、育ててもらっている。偉大すぎる父への表立った反抗期がないまま成人し、どうやら無意識下でも影響を受けているらしい。教師になろう、教育の道に進もうという決意すら、本心かどうか危ういものだ。こんな自分が、メッセージの文章だけで父親の潔白を判断することは可能だろうか？　やはり帰宅後、雅志の顔を見て直接話すほうがいいと思い直し、奏志はあがり湯としてシャワーを浴びた。

脱衣所に戻ると、どこからか着信音が聞こえてきた。奏志は脱衣カゴの中の自分のスマートフォンを見たが、画面は暗いままだ。その間も着信音は止まず、奏志は音の出所を探してうろうろする。ようやく脱衣カゴが並んだ棚の右端、一番下のカゴの奥で、最新機種のスマートフォンを見つけた時には、音は止んでしまっていた。

「忘れ物か」

奏志は黒いソフトカバーのついたスマートフォンを、ひとまず洗面台の上に置く。凧屋旅館の大浴場は、宿泊客だけでなく日帰りの温泉利用客も使うらしいから、フロントに届けておくのがよさそうだ。もし落とし主が四人のうちの誰かだったなら、本人に取りにいってもらおう。

体を拭き終え、新しい下着を穿いたところで大浴場の扉がひらいた。奏志があわてて〝凧屋〟の文字が躍る旅館の浴衣をまとうと同時に、パジャマ代わりのバスパンにスウェットの上着姿という淳生と柊矢が連れ立って現れる。

「あ、奏志センセ。もう風呂あがってたんだ」

淳生は奏志を認めて軽く手をあげ、すぐにキョロキョロしはじめた。その背にくっつくように控えた柊矢は、奏志と目を合わそうとしない。

淳生が脱衣カゴの棚の前で立ったりしゃがんだりしているのを見て、奏志は声をかけた。

「もしかして、スマホ探してる？」

「奏志センセ、見つけてくれたの？」

そこに、と奏志が洗面台を指さすと、淳生は大喜びで駆け寄った。

「よかったな、シューヤ」

ほら、と淳生に差し出されたスマートフォンを、柊矢はろくにたしかめもせずバスパンのポケットに突っ込む。

「柊矢のスマホだったのか」

「はい。みんなでゲームしようと思ったら、柊矢が〝どこかでなくした〟って。〝もういいや〟って、あっさり諦めようとするから、俺がいっしょに探してやってたんです。よかったよ、海で探しにいかずに済んで」

ホッとした様子の淳生とは裏腹に、柊矢は浮かない顔をしていた。

「それじゃ」とさっさときびすを返す淳生に促され、柊矢も扉へ向かう。その薄い背中があまりに頼りなくて、奏志は思わず呼び止めた。

「待って。俺もいっしょに戻る」

言いながら浴衣の帯を適当に固結びし、茶羽織は肩からかけて、ビニール製のエコバッグに濡れたタオルや洗濯物をぽんぽん放り込んでいく。淳生が呆れたように言った。

「奏志センセ、見かけによらず大雑把だな」

「そうだよ。見た目から〝神経質〟ってタグ付けされがちだけどな」

奏志は澄ましてうなずき、二人といっしょに〝ゆ〟と染め抜かれた藍色ののれんをくぐって廊下に出る。

柊矢が突然口をひらいた。

「塾長は、見かけによらず神経質だった。親子なのに、違いますね」

「おい、シューヤ――」

淳生が目配せしたが、柊矢は今までにない強い眼差しで、奏志を見つめてくる。奏志は気圧されて「たしかに」とうなずき、二人に頭をさげた。

「塾長の行動が、受験期のみんなを混乱させ、煩わせてしまったことは、本当に申しわけなかった。どんな事情であの写真のような状況になったのか、俺のほうから塾長にちゃんと確認するよ」

「――シンシンから、二人がいたのはラブホテルじゃなくてカラオケボックスだったと聞きました。他にも俺達の誤解があれば、教えてください。塾長に謝らなきゃいけない」

淳生がパキッと真面目な表情に切り替えて答える。さっきまでのふざけた調子はない。奏志は頼もしく思い、もう一度頭をさげた。


部屋に戻ると、淳生は何事もなかったようにゲームの輪に加わり、柊矢もつづく。奏志を気に留める者は誰もいなかった。

奏志はふとんの上に出しっぱなしだった『芥川龍之介讀本』を持って、ふたたび部屋を出る。一応「文庫に行ってくる」と言い置いたが、ゲームに夢中の四人からは返事がこなかった。

フロントのカウンターには、連絡先の書かれたボードが置かれ、人の気配はない。ロビーの照明も最小限の光に抑えられている。小さな旅館だから、ホテルのようにシフト制で二十四時間誰かが勤務しているというわけにはいかないのだろう。

円の姿が見えないことを少し残念に思いつつ、奏志はロビーを通り過ぎて奥へと進む。意外なことに、スキップフロアの文庫にはまだ煌々《こうこう》と灯りがついていた。黒々とした夜に眠れなくなり、本に助けを求める宿泊客へのサービスだろうか。

階段を降りて書棚へと進む途中、ライトアップされた庭園が見える窓に目をやり、奏志は首をかしげた。窓の前に置かれたローテーブルに、昼間はなかったランタンがある。火が揺らめいているのかと思って近付くと、ＬＥＤ電球が絶妙に光を震わせていた。そのランタンを文鎮代わりにして、便箋が一枚置かれている。


よろしければ、お夜食にどうぞ。


綺麗な字は、奏志の耳のなかで円の声になって読みあげられた。隣に置かれた赤い魔法瓶と個別包装のクッキーが盛られた木皿を見て、微笑んでしまう。本を読んで夜を明かせといわんばかりの心遣いがおかしく、ありがたかった。

奏志がまず『芥川龍之介讀本』を棚に戻し、次に読みたい本を探していると、軽い足音が階段をおりてくる。

てっきり円だと思って振り向いた奏志は、あわてて顔を引き締めた。

柊矢が両方の拳を握りしめるようにして立っている。走ってきたのか呼吸が荒く、大きめの頭がゆらゆら揺れていた。奏志がどうしたと尋ねる前に、口をひらく。

「さっきの、スマホ――」

「ああ。出てきてよかったな」

「僕は捨てたかった」

小さな声で、しかしはっきり言い切った柊矢の顔を、奏志はまじまじと見返す。何か言わねばと焦ったら、「最新機種なのに?」という間抜けな返しが飛び出した。

柊矢は黙ってスマートフォンを差し出す。通知の欄にずらりと並んだ名前は、九割が〝米持《よねもち》先生〟だった。顔に疑問符の浮かんだ奏志にうなずき、柊矢はつづける。

「米持弥生《やよい》先生。クラスで何かあるとすぐ迷って悩んじゃうから、みんなが〝マヨイちゃん〟と呼んでからかってる先生です。二年、三年と僕の担任でした」

「今も担任と交流がつづいてんの?」

奏志の問いかけが終わらぬうちに、柊矢の目の縁に涙が盛り上がった。奏志の中で警告音が鳴り響く。そういえばこの短い旅行中も、柊矢がスマートフォンをいじっている場面がたびたび見受けられた。仲間がからかっていたとおり、一人息子を溺愛する母親からの連絡だとばかり思っていたが、この通知を見るかぎり違ったらしい。

「柊矢――まずは座ろうか」

そう言って、奏志はローテーブルを示す。円の用意してくれていた〝お夜食〟が使えそうだ。

「お茶でものみながら話そう」

率先してソファに腰かけた奏志は、ランタンの下からさりげなく便箋を引き抜いて茶羽織のポケットにしまい、赤い魔法瓶の蓋をあける。花のような紅茶の香りがふんわり立ちのぼってきた。持ち手のないカップに、紅茶をそそぐ。木皿からクッキーを二枚ほど取って、カップともども柊矢の前に置いてやった。

奏志は自分を落ち着かせるために、紅茶を一口のむ。香りのわりにほろ苦い紅茶だ。つづけてクッキーも一枚食べる。バターの香りが鼻に抜けて、生地はホロホロと口の中で甘くほぐれた。こうなると、紅茶のほろ苦さが俄然恋しくなる。奏志がもう一口紅茶をのもうとしたとき、ずっとうつむいていた柊矢が顔をあげた。涙に濡れた頬をぬぐって、口をひらく。

「中三にあがる前の春休み、二年生のあいだずっと社会科が赤点だった僕のために、米持先生が特別補習をしてくれました。マンツーマンだったから、わかるまで教えてもらえるし、勉強の合間にいろいろ喋れて——楽しかった」

「楽しかった？」

奏志が念を押すように聞くと、柊矢は目線を上げて一度考え、こくりとうなずいた。

「うん。楽しかった、あの頃は。先生は僕をイジらなかったし、僕の話を遮らずに最後まで聞いてくれたから」

その言葉から、柊矢は仲間内でからかわれる状況を受け入れても、納得はしていなかったのだと奏志は悟る。また、柊矢はけっして無口なわけではなく、話すことを整理するまでに時間がかかるだけともわかった。

春休みが終わると補習も終わり、柊矢は弥生と個人的な連絡先を交換した。勉強でわからないことがあったらいつでも相談して、という話だったが、いつのまにか弥生の方が頻繁に柊矢に連絡してくるようになった。

「メッセージのやりとりは残ってる？」

「はい」

柊矢が見てもいいというので、奏志は読ませてもらう。内容は他愛ない日常の報告だ。他愛なさすぎて、逆に異様に感じられた。どう見ても、先生と生徒の会話ではない。これではまるで――

「恋人同士みたいだね」

奏志の言葉に、柊矢の目がふたたび潤んだが、涙は堰《せ》き止《と》めたようだ。

「〝好きだ〟って、何度か直接言われました。でも僕は――先生は先生だし、大人すぎて」

「うん」

「学校の外で会おうって誘われるようになって、急に怖くなりました。なんか先生、喋り方も化粧も服装も違ってきたし、僕が誘いを断るたびに電話をかけてきて泣くし」

「家の人や学校には相談しなかったの？」

「バレたら私は死ぬしかないって、先生が言ったから」

柊矢は悄然《しょうぜん》と肩を落とした。最低の脅迫だと、奏志は拳を握りしめる。たとえ本気でそう考えていたとしても、教師が生徒に告げる言葉ではない。三十歳を過ぎた大人の女性が十代の少年に告げる言葉でもない。

「だんだん僕、自分が悪いことをしてる気になりました。ジュンセー達に気づかれたらどうしようって、そればかり考えてた。学校を休みたかったけど、米持先生は担任だから、休んだらまた連絡が来るし」

僕だって死にたかった、と柊矢がぽつりとつぶやいた。奏志は去年の春から夏にかけての塾での柊矢の様子を思いだそうとしたが、何も浮かばない。俺は生徒の何を見ていたのかと頭を殴りたくなった。

「中三の夏休みに入る前くらいに、塾長に呼び出されました。何かあったかって聞かれて、僕、最初は誤魔化したんだけど、全然逃げられなくて」

「あー、わかる。あの人、しつこいから」

親も学校も友達も、もちろん奏志も、気づかなかった柊矢の変化に、雅志だけが気づき、真相を聞きだした。

「塾長、怒っただろう」

「はい、ものすごく。自分が何とかするから、先生からの連絡は全部無視していいって。電話にも出るなと」

柊矢は雅志の言いつけを守り、友達や親には「受験だから」と断って、スマートフォンを封印。平和な日々を過ごしたという。

「塾長が直接、米持先生と話をつけたってこと？」

奏志は尋ねながら、写真に映っていた二人を思い出す。柊矢のプライバシーを守って話し合いをするには、カラオケボックスがうってつけの場所かもしれない。生徒を救うその行動こそ、自分がよく知る雅志らしい。奏志が胸を撫で下ろしかけた時、しかし柊矢は消え入りそうな声で「僕もそう思っていました」と過去形を使った。

「だから、シンシンが塾長と米持先生の写真を隠し撮りして、変な噂をみんなに流したとき、塾長に申しわけないと思った。けど塾長は――」

唾《つば》をのむ奏志の前で、柊矢は「僕を利用しただけでした」と平坦な声で告げた。

「僕との一件を知ってると話したあと、アッキーの内申を上げてほしいって、米持先生に頼んだそうです」

「それって——脅迫じゃん」

ですね、とうなずく柊矢の目は、コールタールを塗り込んだようにかがやきを失っていた。そんなまさか、父さんが？　と奏志が頭を抱えるのを横目に、柊矢はカップを両手で包み、紅茶を一息にのみほす。

「卒業したあと、米持先生からメッセージがきて、塾長に脅されていたことを打ち明けられました。信じたくなかったけど、アッキーの内申が奇跡的に足りて推薦が取れたことは、本人も話してた事実だし、塾長も都築ゼミナールはじまって以来の快挙だって喜んで宣伝してたし——あー、そういうことかって」

奏志はたまらず「ごめん」と頭をさげた。柊矢は何も悪くないのに、何度絶望すればいいのだろう。頼れるはずの大人に裏切られるという地獄を、何度見ればいいのか。奏志はただひたすら申しわけなかった。雅志の息子として、大人の端くれとして、いたたまれない。

柊矢は黙ってクッキーの包装を破り、リスのように前歯で囓《かじ》った。

「ここ一週間くらい、また米持先生からの連絡が頻繁になってきてます。もう先生と生徒じゃないし、塾長との約束も果たしたからって。だから僕、本当はこの旅行に来たくなかったし、スマホも持ってきたくなかった。シンシンに気付かれでもしたら、またみんなにばらされる。そしたら、僕を自分の持ち物みたいに考えてるジュンセーは、米持先生にも塾長にも怒り狂うだろうし、自分の正義が絶対だと思ってるから騒ぎを無駄に大きくする。アッキーの入学が取り消されちゃうかもしれない」

「――だから、脱衣所にスマホを捨てていったのか」

柊矢が冷静かつ正確に淳生の性格の偏りを指摘したことに驚いている奏志の前で、柊矢は目に涙をためてクッキーを齧りつづける。

「みんなでゲームしてる最中にも、先生からのメッセージがたくさん入ってきて――〝お母さんから〟って誤魔化したけど、生きた心地がしなかった」

そこで柊矢の話は終わる。しんとした文庫に暖房のモーター音が響いた。

奏志は〝藪をつついて蛇を出す〟ということわざをふいに思い出し、いや、これは出すべき膿《うみ》なんだと思い直す。その一方で、柊矢が当初弥生との交流を「楽しかった」と語ったことに引っかかっていた。弥生と柊矢のあいだに、本当は何があったのか？　奏志は柊矢の側からしか聞いていない。この件をどう見るか、どうタグをつけるか、自分次第だと感じる。柊矢はみんなが思っているより、本当はずっと理性的で周りが見えている。〝大人を手玉にとる恐るべき子ども〟とタグづけすることも可能だとうっすら思った。

柊矢がいきなり咳込む。クッキーにむせたらしい。奏志はあわてて魔法瓶からついだ紅茶をのませ、その薄い背中をさすった。柊矢が落ち着くのを待って立ち上がる。

自分はただの一度も本心から教育者を目指したことはないし、なれるとも思っていなかったと、奏志は今やっと認められる。雅志の期待に応えたくて、流されるまま進んできた道だった。

けれど、雅志の幻影が崩れ去った今、目の前で絶望している子どもの最低限の光になりたいと願っている自分がいる。教育という道の上に光を探す自分がいる。たとえ柊矢がある一面において〝#恐るべき子ども〟だったとしても、揺らがず、子どもの味方でいようと決めた。ここにきて自分に新しいタグがつくなんて皮肉だな、と奏志の口元がゆがむ。震える膝を踏ん張り、聞かなかったことにしたいと叫ぶ心をねじ伏せて、柊矢に手を差しのべた。

「柊矢、この旅行が終わったら警察に行こう。ご両親に言いづらいなら、俺からも説明する」

え、と柊矢はたじろいだ様子を見せる。

「騒ぎが大きくなったら――」

「困る人はいないよ。だって、みんな自分で撒いた種だから」

「でもアッキーは、あの高校の合格を取り消されるかも」

奏志は自分に向かって「全部暴いてみてよ、奏志センセ。どうせなら何もかも」と言った彰成の言葉と、円の前で数学パズルを意気揚々と解く姿を思い出した。

「彰成はたぶん――米持先生と塾長がいっしょにいる写真を見た時点で、何かがおかしいと気づいていたんじゃないかな。たしかめる術がなくて、ずっとモヤモヤしてたんだと思う。だから、ここではっきりさせておきたい。本来の実力で十分かがやけるはずの彰成のためにも」

「――奏志センセは、つらくないですか？」

柊矢にじっと見つめられ、奏志の震えが大きくなる。雅志側からの事情も聞くが、おそらく父親を警察に突き出すことになるだろう。つらい。怖い。正直、逃げだしたい。しかし今は、柊矢、彰成、雅志といった個人ではなく、この件全体に自分なりのタグをつけて進む必要を、奏志は感じていた。だから、無理にでも笑ってみせる。

「ま、いろいろ厳しいよね。でも、俺は柊矢を信じることに決めたから」

柊矢は唇を噛んでじっと考えていたが、おずおずと口をひらいた。

「警察に行っても、僕はみんなと友達でいられますか？」

あの三人に不満はあっても、離れたくはないらしい。柊矢の中のそんな二律背反の感情は、きっと他にもたくさんあって、彼のタグを作っているのだろう。

「柊矢がそれを望むなら」

奏志が今考えられる精一杯の答えを導くと、柊矢の顔にもようやく笑みが戻った。

＊

翌日、チェックアウトのためフロントに立ち寄った奏志の顔を見て、円はくんくんと鼻を鳴らした。光沢のあるクリーム色の着物は、今日のやわらかな陽射しのようだ。

「文庫の夜食、ありがとうございました。美味しかったです」

「お役に立てたのなら、嬉しいです」

深夜のお茶会で何があったのか、何もかも知っているような顔をして、円は領収書を手書きしてくれる。引戸のひらく音がした。四人組がチェックアウトを待ちきれず、外に出ていったようだ。一番後ろについた柊矢の背中を目で追っていた奏志に、円が恭しく領収書を差し出した。

「精算は以上となります。ご利用ありがとうございました」

奏志は宛名が『都築ゼミナール様』となった領収書を指でつまんだまま、名残惜しく円を見つめる。春のうららかな陽射しが降りそそぐこの旅館から一歩出たら最後、自分には鬱蒼《うっそう》とした藪の中を進む未来が待っている。奏志は不安だった。そんな奏志の顔を見つめ返し、円は「そうそう」と手を打つ。

「最近、この辺りは道路工事が多いのです。迂回経路を取るように言われたら、光の射す方へとお進みください。そちらが駅です。道中お気を付けて」

円の言葉には、やはりたくさんのタグがついているように思える。奏志は藪に落ちる光を探し、それぞれの門出に立つ少年達のもとへと歩きだした。

五冊目

窓を閉めきって冷房を効かせていても、庭園の木々にとまった蟬の声はしっかり届く。ミンミン、ジイジイと追い立てられ、暑さの体感が少し濃くなる。

二週間前から「今年一番の暑さだ」と毎日言われつづけているが、八月のお盆まっさかりの今日も、日本のどこかの町で最高気温が更新されたらしい。円は掃除機を片付けると、額と首筋に滲んだ汗を手ぬぐいでおさえてフロントにまわった。カウンターの奥にある事務室のドアをあける。

キンと気持ちいい金属音が鳴り、テレビのなかの歓声が部屋中に反響した。天吊りされたテレビを見上げると、ユニフォームを着た少年がバットを投げ捨て、一塁へと走り出していく。甲子園の熱闘が今年もはじまっているようだ。曾祖父の清が生きていた頃、彼の部屋に遊びにいくと、夏はいつもテレビの中が甲子園だったことを、円はふいに思い出した。

眉が寄ったのは、目の前のデスクに尻をひっかけるようにしてテレビを見上げている人物のことが、心配になったからだ。

「耳遠くなった？」

円のあけすけな質問に、首から肩にかけてしっかり肉のついた体格のいい中年女性が、口を「あ」の形にして振り向く。円の父である学の実の姉、直子だ。

「華のアラフィフ捕まえて、もうろく扱いはやめてよねー。いくらかわいい姪《めい》っ子《こ》でも許さないよ」

ぽんぽんと言葉を連ね、直子はゆるくウェーブした肩までの髪を手で後ろに払った。その威勢の良さは、昔から変わらない直子そのもので、円はホッと息をつく。

「ごめん。おばあちゃんも最初は、耳が遠くなったかなってところからだったんで」

「――私は認知症ではないから安心しな。少なくとも今はまだ」

そう言いながら、直子はテレビのリモコンを持ち、音量を下げる。

「あんたが近くで掃除機をかけてたから、テレビが聞こえなかったんだよ」

「あ、そうか。ごめん」

円は照れ笑いを浮かべる。

「円が気合い入れて掃除したってことは、今日はお客さんが来るわけ？」

「うん。三日ぶりに」

三日ぶり、と直子は鸚鵡《おうむ》返《がえ》しをして目を剝き、事務室をぐるりと見回す。

「いつまでつづくかねえ、この商売――まあ、私と学が継がなかった時点で、半分終わったようなもんだけど」

直子は申しわけなさそうな顔をしたが、すぐさま「でもウチらがそれぞれ別の仕事に就いたおかげで今、ここの運営資金をまかなえてるわけだし」と胸を張ってみせた。

円は肩身の狭い思いで「ありがとうございます」と頭をさげておく。そして、自分もおずおずと胸を張った。

「今日のお客さんは、二度目の来訪なんだよ」

「へえ。ウチを気に入ってくれたんだ？　定宿にしてもらえると、ありがたいね。ご贔屓《ひいき》の常連客あってこその、旅館だからね」

独身のまま産婦人科医師としてのキャリアを重ねている直子に、旅館の娘の顔がちらりと覗いたことを、円は嬉しく思う。吊屋旅館から車で十五分ほどのマンションに住み、休みの日はちょくちょく三千子の具合を見に来たり、旅館の裏方仕事を手伝いに来たりしてくれる伯母は、ニューヨークに住んでいて年に一度会えるかどうかの両親よりよほど、円には身近で心強い存在だった。

直子は腕組みをして身を後ろに退き、藍色の紗《しゃ》の着物に朝顔の文様が入った帯を締めた円をじっくり眺める。着物も帯も三千子から譲ってもらったものだと、円が告げるかどうか迷っていると、直子は「ふん」と鼻から息を吐きだした。

「円は美人の夕帆《ゆうほ》さんに似て、ラッキーだったね。学に似たら、骸骨だもん」

「骸骨って——ひどいな、直子さん」

円は眉をさげる。たしかに顔立ちも体型も母親そっくりだと自分でも思うが、痩身ながらバネのように弾んで動きまわり、いつも目に力のこもっている父親の容姿も好きなのだ。

直子は悪びれた様子もなく、自分のたくましい二の腕を揉む。

「私なんておじいちゃんに似ちゃったもんだから、筋肉質の固太り。顔もいかつくてさ。若い頃は〝あんな美人のお母さんとハンサムなお父さんから生まれたのに、かわいそう〟って、どんだけ気の毒がられたか——昭和の身も蓋もないルッキズムに翻弄されたもんよ」

円は笑えないまま、首をかしげる。

「直子さんがおじいちゃんなら、お父さんは誰に似たんだろ？　おばあちゃん？」

「違う、違う。おばあちゃんは地味だけど、たれ目でほっぺのふくふくした、かわいらしい人だったよ。学は――ご先祖様の誰かじゃない？」

直子は興味のなさを前面に出してあっさり流し、一時的にニュースに切り替わった甲子園から昼のワイドショーにチャンネルを切り替える。

画面には、学校銘板も校舎も背景もすべてモザイクのかかった校門が映っていた。

「あ。円、このニュース知ってる？」

「んー」という円の鈍い返事をどう捉えたのか、直子は気楽に話しだす。

「中学生の男の子がさあ、担任の女教師と付き合ってたら、男の子が通う塾の塾長に見つかっちゃったわけ。そしたらこの塾長、塾の別の生徒の内申点を上げるよう、女教師を脅迫したっていうんだから、とんでもないよねえ。誰が一番悪者かって、職場でもちょっと盛り上がったわ」

「悪者って、どういう人をいうのかな」

少年達の前で不安を隠し、背筋を必死に伸ばして去っていった都築奏志を思い出し、円は目を伏せたままつぶやく。本当はリモコンを奪ってテレビを消したかったが、我慢した。直子の好奇心を、これ以上刺激したくない。

男子中学生Aには名前がある。そして彼の周りには、彼を想う友人や大人がいる。彼ら全員にも名前がある。

――みんな、爪屋の大事なお客様なんです。

円は声には出さず訴える。直子は地元の商工会議所が配ったうちわでバタバタ扇《あお》ぎつつ、「今年も暑いねえ」と笑った。

三千子、悟、そして今日は直子ともいっしょに母屋で昼食の冷や麦を食べて、円はフロントに戻った。非番の直子が夕方まで三千子達といっしょにいてくれるらしい。その安心感のせいだろうか。宿泊客を迎える準備が、いつもより早く整った。

客の到着時刻は、だいたいわかる。潮風にのって、各々のにおいが運ばれてくるからだ。円は今日も鼻を上に向けて、クンクンと嗅ぐ。子どもの頃、他人様やお客様の前でこれをやると、三千子に叱られた。大人になった今は、自分でも失礼だとわかっているのでやらないように気を付けている。が、たまに強烈なにおいに出くわすと、うっかり小鼻がひくついてしまう時がある。

円の体が反応するほどにおう客は、たいがい表に出せない思いを抱えていた。そして爪屋旅館の文庫には、彼らと同じにおいを放つ書物があった。本のにおいに敏感すぎて、ただの一冊も読み通せたことのない円だが、客には同じにおいのする書物をすすめてみることにしている。大抵の客はその書物を読むことで、抱えていた思いの出口を見つけ、喜んでくれるからだ。

自分のために誂《あつら》えられたような本が読める人々を、本を長くひらいていることすら困難な円は、いつも羨ましく思っていた。せめて、と本の感想や内容を、読んだ本人の口から伝えてもらい、豊かな気持ちのおすそわけをもらっている。

午後三時過ぎ、ふわんと鼻先をくすぐった今日の宿泊客のにおいは、前回の訪問時にその客がまとってきたにおいと全然違った。複雑に絡み合っていたにおいの素が、大胆に間引かれ、すっきりしている。実際に彼は爪屋旅館に滞在中、文庫で川端康成の『むすめごころ』を読み、今までけっして顕在意識にのぼらせなかった〝自分の本質〟に目を向けざるをえなくなった。あの日から彼の内面で起こってきた変化は、今日のにおいから察するに、きっと好ましいものだろう。円は再会の挨拶に備えて、いそいそと玄関へ足を運んだ。

三和土《たたき》までくると、潮風の向きが変わる。円の眉がピクリと上がった。先の客とは別のにおいを感じたからだ。こちらは今まで体験してきた中でも最上級に強烈なにおいで、てきめん目の奥が熱く痺れ、涙があふれてくる。円はあわてて袂《たもと》から出したハンカチで目頭をぬぐいながら、玄関の上《あ》がり框《がまち》に膝をついた。

ほとんど同時に縦格子の引戸が音を立ててひらき、待ちかねた客が目の前に立つ。

「やあ女将さん、お久しぶりです」

今日の宿泊客、永瀬葉介は日焼けで赤くなった顔を綻《ほころ》ばせ、懐かしい友人に会ったように目を細めた。そして、円の挨拶を押し止めるようにあげた両手を、そのまま顔の前で合わせる。

「当日で申しわけないんだけど、俺の部屋にちょっと人を入れてもいいですか？　あ、宿泊はしないと言ってるんで、ふとんやごはんの用意は要らないから」

「どういう――ことでしょう？」

円は立ち上がり、奥がズキズキと痛む目を無理やりひらいて葉介を見つめる。葉介はきまり悪そうにきれいな形の鼻筋を掻き、後ろを振り返った。

「ちょっと」

ぞんざいな呼びかけに応じて玄関を跨《また》いで入ってきたのは、痩せた老人だ。生えるというより茂ると言ったほうがふさわしい毛量の白髪が、四方八方に跳ねている。

「父の呉朗《ごろう》です」と葉介に紹介されると、呉朗はひらいたままの引戸の外を指さし、円と目を合わせないまま話しだした。

「駐車場はあの門の脇でよかったかね？」

見れば、〝ロックサービス永瀬〟とプリントされた白いミニバンが停まっている。円の視線を受けて、葉介が肩をすぼめた。

「親父の車に乗せてきてもらいました。まるで業者が来たみたいでしょ」

「みたいじゃなくて、業者の車なんだ」

ニコリともせず言い放つ呉朗に対し、円は「駐車はそちらでかまいません」と微笑むことで精一杯だ。呉朗が話したり動いたりするたび、においの刺激がより強まり、鼻まで痺れてくる。

円の対応がぎこちなくなった理由をどう勘違いしたのか、葉介は恥ずかしそうに目を伏せ、多弁になった。

「年いってるけど、祖父じゃないよ。親父だよ。似てないのは、俺が母親似だから。その母親まで今日になって〝あたしも行きたい〟とか言い出して、参りました。店があるんで諦めてましたけど。あ、カラオケバーのママをやってるんです」

葉介の唐突かつ支離滅裂な家族紹介が一切聞こえていないかのように、呉朗は表情一つ変えず立っている。威圧的な雰囲気はないが、愛想があるようにも思えない。時々、大きめの目をギョロリと動かして、館内を見渡した。その表情や些細な仕草に、円はなぜか不思議な親近感を覚える。

「お部屋の出入りはご自由にどうぞ。ご宿泊も可能です。別々のお部屋をご希望でしたら準備しますし、食事やふとんも問題ありません」

葉介の質問の答えを、円は呉朗に向かって返した。そのままフロントへときびすを返しかけた背中に、低い声が当たる。

「この旅館には文庫があると聞いたんだが」

声も葉介とは似ていないのだなと思いながら、円は「ええ」とうなずき、振り返る。ちょっと、とたしなめる葉介の声を無視して、呉朗は動きを止めなかった。帆布のショルダーバッグの口をあけ、文庫サイズの一冊の本を取り出す。円は短くうめいた。客一人から感じられるにおいにしては尋常でなく強烈だった原因がわかったからだ。

鼻の奥に突き刺さった刺激臭を、円はどうにか嚙み砕き、その場でむせてしまう醜態は防ぐ。ただ、意思とは関係なく目から噴き出す涙は止められなかった。

「どうした、女将？」

号泣と呼んでいい涙の量に、呉朗が目を剝く。さすがに動揺したらしい。円はハンカチで目を押さえながら、ごめんなさいと謝る。

「その文庫本――小説ですか？」

円の問いかけに、葉介は彼女の特殊な嗅覚について思い出したのだろう。あわてて呉朗に駆け寄り、バッグの中に本を戻させた。

「本を仕舞って。早く」

「どうして？　用事は早く済ませたほうがいいだろ。私は泊まらんし」

「女将さんは、本にアレルギーがあるんだ」

呉朗が目を剥いたまま、円をもう一度見る。その視線には、戸惑いと不審があった。

「本アレルギーって――紙に反応するのか？　それともインク？」

呉朗の質問を「全部だよ」と葉介がうるさそうに遮り、円に頭をさげる。

「まだチェックインの手続きもしてないのに、すみません」

葉介は呉朗が帆布バッグの口をしめたことを横目で確認してから、率先してフロントに向かった。円が急いで追いかけて、隣に並ぶ。

「こちらこそお父様を驚かせてしまい、申しわけございません。それで、あの本は？」

「ああ。家に海老澤文庫の本があったんで、寄贈しようと思って持ってきたんです」

「文庫の本が？　永瀬様のお家に？」

「そう。夏目漱石の『こころ』。春陽堂文庫、昭和十四年の十刷版」

「『こころ』――」

円は斜め上を見てつぶやいた。以前、都築奏志に「文庫にない」と言われた本のタイトルだ。

「どうして、それが海老澤さんの本だと？」

「奥付に蔵書印が捺《お》してあります。本来、ここにあるべき本だったんじゃないかな」

葉介はこともなげに言いきり、まだ学生だった頃に、呉朗の本棚でその古書を見つけ、海老澤の蔵書印も見ていたと教えてくれた。だから前回凧屋に泊まりに来た時、文庫で同じ蔵書印の捺された本がずらりと並んでいて、ずいぶん驚いたらしい。

「といっても、海老澤って名前も印影もはっきり覚えていたわけじゃなかったし、あの時はいろいろ俺も大変だったから、女将さんには伝えそびれたまま帰りました」

葉介は少し恥ずかしそうに言ったあと、旅行から戻ってすぐに確認したら、やはり海老澤文庫で見た本の蔵書印と同じだったとつづけた。

もしまた凧屋旅館に行く機会があれば、女将さんとの話のタネにこの本を持っていってみよう。この時点では、葉介はまだそれくらいの軽い気持ちでいた。

「俺の家にある『こころ』は、てっきり親父が古本屋で買ったと思ってたんで」

「違ったんですか?」

円の質問を受け、葉介は鼻筋を掻いて正面玄関を振り返る。そこでは、呉朗がいまだ靴も脱がずに立っていた。葉介に乱暴に手招きされ、ようやく動きだす。

「はい。親父に聞いたら、俺の祖父の遺品だって」

円はつまり、と言いよどみ、目をしばたたく。葉介が言葉を引き取ってくれた。

「つまり、親父の父親が海老澤呉一だったんです」

「海老澤――ごいち、さん」

円は本を寄贈してくれた海老澤という常連客の姓は聞かされていたものの、名前までは知らなかった。おそらく父母も、そして祖父母も知らないはずだ。葉介はフロントのカウンターに置かれていた旅館名入りのメモ帳に、漢字で姓名を書いてくれた。そのメモを手に取ってしげしげと眺め、円はようやく実感が湧く。頬が熱くなった。

「すごい! では永瀬様は、海老澤呉一様のお孫さんなんですね」

「そういうこと! 俺ってば何も知らないまま凧屋に泊まりに来て、海老澤文庫の本を読んでたんですよ。こんな偶然あります?」

「なんてご縁でしょう」

盛り上がる二人の後ろから、呉朗がぬっと顔を付きだす。

「私が海老澤といっしょに暮らしてたのは、ほんの数年だ。妻も子も置いて出ていき、勝手に死んだ人間に思い入れはないし、父親とも思ってない」

低い声で言い放たれ、円と葉介はゆっくりと肩を落とした。葉介が可愛がられてきた息子の顔になって、「でもさ」と口を尖《とが》らせる。

「海老澤呉一の本はずっと、親父の本棚にあった。大事に保管してきたんじゃないの？」

「亡くなった母の形見として、持っていただけだ。ぼろぼろで汚いし、正直扱いに困ってたんだよ。こちらで引き取ってもらえるなら、こんなにありがたい話はない」

葉介は、ほとんど表情を変えずに語った呉朗を見てから円に視線を戻し、小さく首を振った。

「ってのが、親父が俺の一人旅にくっついてきた理由です」

「用事が済んだらすぐ帰るさ。息子のリフレッシュ休暇の邪魔はせんよ」

呉朗はそう言って、実際その通りにするつもりらしい。本を今すぐここで取り出したそうに、ショルダーバッグのベルトに手をかけた。

円はカウンターの中に入り、宿泊者名簿を出して葉介に記入してもらう。小鼻がひくつかないよう注意しつつ、本ほど強烈ではないが、同じにおいのしている呉朗に微笑みかけた。

「ところで呉朗様、その『こころ』を読んだことは？」

「ないね。古い本は仮名遣いやら何やら読みづらくて」

円はがっかりした顔を作らないよう意識して、明るい声をあげる。

「一期一会という言葉もございます。こんな暑い日にせっかくいらっしゃったのですから、日がもう少し翳《かげ》るまでお部屋で涼んでいってください。すぐに冷たいお茶をお持ちしますので」

円の丁寧な誘いを受け、呉朗は居心地悪そうにショルダーバッグをかけ直した。

*

円は葉介達が滞在する青の間に冷たいお茶と心太《ところてん》を運ぶと、駆け足で母屋に一旦戻った。

「何よ、円？　忘れ物？」

実家ですっかりくつろいでいたらしい直子が、ゼリーの器を持ったまま顔を出す。

「おばあちゃん――と、おじいちゃんいる？」

いるよぅと、悟の声がした。円は草履を脱いで直子の脇をすり抜け、暗い廊下を進む。玉のれんをくぐって部屋に入ると、小さなキッチンの後ろに置かれたダイニングテーブルで、悟と三千子がゼリーを食べていた。いや、正確に言えば、赤ちゃんのような紙の前掛けをした三千子が、悟からゼリーを食べさせてもらっていた。

息のあがった円の顔を、悟はのんびり見返す。その三日月のように細い目は、いつだって笑っているように見えて、円の心を落ち着かせた。

「おじいちゃん、今日のお客様はね、ウチと縁の深い海老澤様の息子さんとお孫さんだった」

「海老澤って、海老澤文庫の？　でも予約のときの名前はたしか――」

悟は言葉を途切らせ、傍らの三千子の反応をたしかめるように見た。

「永瀬様です。お二人とも海老澤様との思い出はないそうだけど」

「何それ？　海老澤さん、家族の前から蒸発でもしたわけ？」

直子がワイドショーを見ているような気楽さで身を乗り出す。円は無視して、悟に告げた。

「蔵書印の捺された本を、文庫に持ってきてくださったの」

「わざわざ？　それはありがたいね」

悟の言葉に円は肩にこもっていた力を抜き、うんとうなずいた。

「海老澤様の息子さんのほうは泊まらずに帰ると言ってるし、よかったら凧屋の主人として挨拶に来てよ。できれば、おばあちゃん――ううん、女将もいっしょに」

円、悟、直子の視線が自分に向けられても、三千子はまったく表情を変えず、言葉も発さなかった。代わりに、悟がにっこり笑ってうなずく。

「なるべく女将もいっしょに行けるよう、タイミングを見ておくよ」

「お願いします」

円は頭をさげて、旅館に引き返した。

戻ってきた旅館の玄関で草履を脱ぐやいなや、『こころ』のにおいが襲ってくる。円はつづけざまに、くしゃみを三回した。袂で口と鼻を押さえ、においの素を探して歩きだす。正面玄関、フロント、ロビーと奥へ進むにつれ、においはどんどん強くなってくる。目尻に滲んだ涙をぬぐい、円は文庫のスキップフロアにつづく階段をおりた。

予想どおり、そこにいたのは呉朗だ。本に囲まれた薄暗い空間に、来たときと同じ格好で立っていた。手に持った『こころ』をあわてて後ろに隠そうとしたが、円の視線がすでに届いていることを悟って、だらりと腕をさげる。

「勝手に入ってすまんね」

「いえ。お客様に自由にご利用いただくための文庫なので」

円の言葉にうなずき、呉朗はゆっくり書棚を見回した。

「これ全部、海老澤の本か？」

「そうです。圧巻ですよね。読めないのが残念です」

「読めない――ああ、例の本アレルギーか」

呉朗は今ひとつ納得しきれていない顔のまま、腕を組む。

「海老澤の本のために、こんな立派な部屋が作られていたんだな」

感嘆とも嘲笑とも取れるその言い方が気になったものの、円は呉朗と彼の持つ本のにおいに絡め取られ、むせてしまった。

「失礼しました」と咳込みながら謝る円を見下ろし、呉朗はモサモサと豊かに茂った白髪まじりの髪を掻く。

「女将はこんな本だらけの場所に長居しないほうがいいんじゃないか？」

「だいじょうぶです。どうかお気になさらず――あとわたし、肩書き的には若女将なんです。凧屋旅館の女将は、わたしの祖母でして――」

円は軽い気持ちで訂正したが、呉朗は「祖母だって？」と顔色を変えた。ショルダーバッグのベルトを握りしめ、心ここにあらずといった表情でそわそわと辺りを見回す。

「いくつだ？」

「え――」

女性の年齢を堂々と尋ねる呉朗に戸惑いを隠せず、円は言いよどんだ。呉朗は意味が通じていないと受け取ったらしい。もどかしそうに足を鳴らした。

「女将の年齢だよ」

「今年七十三になりました」

「――三つ下か」

自分の年齢と比べているらしい。父親をよく祖父と間違えられたと葉介が話していたことを思い出し、円は少しせつなくなる。一方で呉朗の感情は特に揺れた様子もなく、すぐに次の質問を投げてきた。

「女将の名前は？」

「丹家三千子。数字のさんぜんに子どものこ。わたしは丹家円。円周率のえんです」

祖母の名前を教えるついでに、円は自己紹介も兼ねてしまう。呉朗は「三千子」と祖母の名前だけをくり返した。円の視線に気づくと、手に持ったままだった本を、あわてて突き出す。たちまち鼻の奥が刺激され、円は意思とは関係なく後退った。

呉朗は軽い苛立《いらだ》ちを見せて、本を揺らす。

「せっかく文庫にいるんだ。ここで受け取って、書棚に入れてくれたっていいだろう」

円は目の前の本と呉朗を見比べ、においでむせ返る前に口をひらく。

「では夏目さんの棚にご案内しますので、ご自身でどうぞ」

「夏目――サン？」

こちらになります、と円はバスガイドよろしく手をあげ、夏目漱石の本がまとまっている場所へと進んだ。『吾輩は猫である』、『坊っちゃん』にはじまり、『三四郎』、『それから』、『門』、『虞美人草』、『彼岸過迄』、『行人』と、ほぼ全著作が並んでいるため、他の作家に比べて夏目漱石の本が占める棚のスペースは大きい。

「夏目さんはきっと、海老澤様のご贔屓作家なのでしょう」

「さあ。どうだか」

呉朗はそっけなく首をひねり、取り付く島もない。円は諦めず、話しつづける。

「後期三部作のトリである『こころ』がウチの夏目さんの棚にないことは、以前ご宿泊されたお客様に指摘されてから、なんとなく気になっていたんです。なぜ『こころ』だけないんだろう、『こころ』とはどんな小説なんだろう、って」

「――ずいぶん暇な女将、いや若女将だな」

「一冊だけ家に残された海老澤様の『こころ』を見て、呉朗様はふしぎに思いませんでした？」

呉朗は窓に目を移し、「特には」と短く答えた。唇の端を持ち上げるようにして笑う。

「ひょっとして若女将は、いや、丹家一族は、ここにある海老澤呉一の本が、彼の善意で贈られた物とでも聞かされているのかな」

「はい。曾祖父の清の話では、そのように」

「なるほど。こんなこと言っちゃ申しわけないが、ひいおじいさんは大嘘つきだね」

大嘘つきという言葉の強さと呉朗の吐き捨てるような口調があいまって、円は息をのむ。背中に嫌な汗を掻いていた。それでも懸命に背筋を伸ばし、尋ねる。

「どうして嘘だと？」

「海老澤呉一は三十二で自死を選んだ。身勝手に離縁され、彼からのわずかばかりの送金を頼りに暮らしていた元妻と息子に残されたのは、山ほどの彼の蔵書と〝これをすべて爪屋旅館主人の丹家清に買ってもらえ〟と書かれた遺書だけ」

呉朗は窓に向けていた目を、体ごとゆっくり円に向けた。

「だから、この部屋に収められたバカみたいな量の古本を爪屋に送りつけたのは、私の母だよ。善意の寄付ではなく、生きていくための取引だった。ひいおじいさんに言い値で買い取ってもらったと、私は聞いている」

「買い取り――」

「ああ。いくら戦争で同じ釜の飯を食った仲とはいえ、爪屋のご主人は底抜けのお人好しなのか、ありえないほどの善人なのか、よほどお金が余ってるのかって、当時、母も驚いてた」

「曾祖父と海老澤様は、戦地でいっしょだったんですか」

円ははじめて知る清のエピソードに身を乗り出す。

「海軍の同期としてレイテ沖海戦を生き延びたと聞いているが、私も深くは知らん」

呉朗は円をいなして話を打ち切ったが、少し間を空けて付け加えた。

「その金のおかげで、私はどうにかこうにか高校まで通うことができた。そういう意味では、あなたのひいおじいさんは恩人かもな」

呉朗は自分の持ってきた本を、夏目漱石の著作で埋まった棚に押し込む。印字の掠《かす》れた『こころ』という背表紙のタイトルを眺め、円は首をひねった。

「なぜその時、お母様は『こころ』もいっしょに売らなかったのですか？」

　呉朗は円の視線を追って背表紙を見つめていたが、やがてため息と共に打ち明ける。

「この本は、海老澤が最後に暮らしたアパートの遺体の傍らに残されていたんだ。他の蔵書は母と私同様、家に置き去りにしたのに、この本だけは持って出ていった」

「海老澤様のお気に入りだったんですね」

「母もそう考えて、あるいはこの本を読めば、最後まで謎だった元夫の本心がわかるんじゃないかと考えてか、手元に残したらしい」

　窓の外、庭園で蟬が鳴きはじめた。芝を照らす白い陽射しが、ちかちか光っている。

「そんな母の意を汲んで私も今まで保管してきたが——葉介からこの旅館の話を聞いて、いい機会だと思ったよ。本だって、ここの文庫の棚に収まるほうが嬉しいはずだ」

　そういうことでお願いしますと呉朗は頭をさげ、きびすを返した。円はあわてて声をかける。

「この本は、手放す前に呉朗様に一度ちゃんと読んでほしいと思ってるのでは？」

　呉朗はショルダーバッグのベルトを強く握りしめ、ゆっくり振り返った。唇の端が片方だけ吊り上がり、小馬鹿にしたような笑みが浮かぶ。

「本アレルギーで本の読めない若女将が、本の気持ちはわかるのか」

「いえ——正確にいうと本自体の気持ちというより、その本を読んだ人とか書いた人とか、その本に込められたいろいろな人の思いがにおってくるんだと思います」

円はあえて真に受け、心を決めて正直に打ち明けた。くしゃみが出そうになるのを我慢して、さっき呉朗が収めたばかりの『こころ』を書棚から引っ張り出す。

「この『こころ』の場合、おそらく海老澤様の――」

「やめてくれ。馬鹿らしい。オカルトに興味はない」

蔑むように言い残して階段に足をかけた呉朗の上から、人影が現れた。葉介だ。

「なんだ親父、文庫にいたのか。俺が昼寝してるうちに帰っちゃったかと思ったよ」

円と呉朗のあいだに張られた緊張の糸には気づかず、葉介は寝癖がついた頭を掻いてのんびり笑った。その彼を押しのけるようにして、呉朗は階段をあがっていく。

「ちょうど今、帰るところだった」

えっ、と虚を突かれた円と葉介を置いて、呉朗は玄関へ向かって早足になった。

「ちょっと待って」

葉介が叫んで追いかける。円もにおいのきつい文庫本を抱きかかえ、あとを追った。

玄関の引戸は、呉朗が手をかける前にひらいた。驚いて後退《あとずさ》った呉朗の前に現れたのは、直子だ。直子もまた目を丸くして一瞬仁王立ちになりかけたが、すぐさま深々と頭をさげる。

「大変失礼をいたしました」

「直子さん、どうしたの？　あ、わたしの伯母です」

身内の前で思わず口調が砕けた円は、あわてて父子に直子を紹介した。直子は愛想笑いを作って会釈したあと、円に駆け寄り押し殺した声で言う。

「お父さんがね、今日はちょっとご挨拶に行けそうにないって。でも〝せっかくだから海老澤さんのご遺族に、海老澤さんが宿泊していた時代の凧屋の写真なんかを見てもらおう〟って二人で押し入れを漁ってたら――見つけちゃったのよ」

「何を？」

「あかずの金庫」

「え、金庫？」と葉介が甲高い声をあげる。もともと大きな直子の声は、筒抜けだったらしい。

直子はひらきなおった顔で葉介に向き直り、肩をすくめてみせた。

「あかずの、ですよ。シリンダー錠は金庫に貼り付けてあったけど、変形したのか鍵穴にゴミが詰まっちゃったのか、中までちゃんと挿し込めないし、ダイヤル式のロックもしっかりかかっていて、絶望的なんです」

「おじいちゃんかおばあちゃんが、暗証番号を知ってるんじゃない？」

円の言葉に、直子は首を横に振る。

「お父さんは知らない。金庫を見たのもはじめてだし、そんなものがあるって聞いたこともなかったって。お母さんは――聞ける状態じゃないから」

そうだね、と諦めかけた円に、直子が向き直る。

「でも、金庫の上にこんなメモが置いてあってさ――」

そう言って、直子はクリーム色の便箋を、その場の全員が読めるように胸の前で広げてみせた。


金庫をあけたい時は、円を呼ぶといい。必要な番号は、あの子に伝えてある。

清

便箋の罫線を無視して、トメハネのしっかりした字が躍っている。円が清の直筆を見たのは、はじめてかもしれない。文章は簡潔だが、意味が通じなかった。

「必要な番号？　そんなの聞いた覚えないけど。そもそも、わたしも大じいじが金庫を残してたなんて知らなかったし」

円は戸惑いを隠せない。直子は「じゃあやっぱり、これも関係あるのかな」と独り言をつぶやき、ワンピースの大きなポケットから一冊の古い文庫本を取りだした。

円は傍らの呉朗が唾をのむ音を聞く。

「メモの重石代わりに置いたのかなって思ったけど——関係ありそう？」

直子のその問いに、円はすぐに答えることができなかった。ただ直子のほうを向き、文庫から抱えてきた海老澤の蔵書印入りの文庫本を見せる。

「あれ？　夏目漱石の『こころ』が二冊？」

事情のわからない直子は、素直に目を丸くした。葉介が身を乗り出して二冊を見比べ、ぱらぱらとページをめくってから円に言う。

「しかも、二冊とも春陽堂文庫版だ。刊行年こそ違えど、同じ本だよ」

「大じいじも海老澤様も、『こころ』を最期まで手元に置き、家族に遺して逝った——」

円は自分のつぶやきに眉をあげ、直子の持っていた『こころ』を指さした。

「直子さん、その本、ちょっと預かっていい？」

「いいよ。メモも渡しとくから、しっかり番号思い出して金庫をあけてよね」

「金庫は無理かも。万が一暗証番号がわかっても、シリンダー錠があけられない」

「鍵は、親父にまかせればいい」

葉介がさらりと口を挟み、その横で呉朗が目を剝く。葉介は涼しい顔で呉朗に言ってきかせた。

「いいじゃん。本を引き取ってもらうお礼だよ。それにあえてか偶然か知らないけど、『こころ』がのっかってた金庫だろ。中身がちょっと気になるじゃん」

「他所様のプライバシーに首を突っ込むんじゃない」

呉朗の叱責を受け流し、葉介は円と直子に笑顔を向ける。

「ウチの親父、鍵屋一筋六十年なんで。腕はいいっすよ」

「あら、門の脇に停まってた〝ロックサービス永瀬〟の白いミニバンは、お客様の車だったんですね。すごい。あかずの金庫が見つかった日に、鍵屋一筋六十年、おまけに海老澤様の血を引いたお客様が宿泊中なんて、運命感じちゃうわ」

「正確には、鍵屋になって五十八年だ」

呉朗は苦々しく訂正すると、車に積みっぱなしの商売道具を持ってくるよう、葉介に言い渡す。そして真顔のまま円に向き直った。

「たしかに要らない物を押しつけるんだから、お礼が必要だ。やるだけやってみよう」

「お願いします」

円より早く、直子が頭をさげた。

呉朗は苦戦しているようだ。日が傾く前に、葉介がフロントまで「親父も泊まることになりそうです」とこっそり伝えに来てくれた。

＊

円が二人分の夕食を配膳しにいくと、直子から預かったメタリックな黒の金庫を長机の上に置き、畳の上に工具を散乱させて、一心不乱にシリンダー錠と格闘している呉朗の姿があった。ゴーグルのような眼鏡をかけており、もともと印象の強い目がますます大きく、力強く見える。

広縁の高座椅子にだらりと腰かけ、退屈そうに海を見ていた葉介が立ち上がり、「ごはんだよ」と声をかけたが、顔を上げようとしない。

「葉介様の分だけ、そちらにご用意いたしましょう」

円は広縁のテーブルセットに一人分の膳を作った。

鰹と茄子のポン酢和え、甘海老の押し寿司、ローストビーフ、カジキのたたき、ズッキーニとパプリカのサラダなどが、小さなテーブルの上いっぱいに並ぶ。

歓声をあげて押し寿司にかぶりつく葉介に、円は思いきって切り出した。

「あの――今晩、お暇でしょうか?」

「えっ」

喉を詰まらせかけた葉介にあわててお茶を差し出しながら、円は早口になる。

「今夜中に『こころ』を読みたいと思っておりまして」

「あ、ああ、本？　はいはい、俺に朗読を頼みたいってことね？」

「お客様に図々しいお願いをしてしまって、申しわけございません」

頭をさげた円のつむじの上を「ああ、びっくりした」と葉介の朗らかな声が過ぎていったかと思うと、すぐに軽い返事がきた。

「いいですよ。俺もちょうど読みたいと思ってたし。暗証番号のヒントが隠されてるかもしれないしね。女将さんの都合のいい時間に、文庫で待ち合わせましょうか」

円はホッとして礼を言う。葉介は呉朗の背中を横目で見つつ、声を低くしてささやいた。

「本当は俺、この夏休みはアメリカに行くつもりだったんですよ」

「北村様と萩原様のもとへ？」

円もついつい声を低めてしまう。以前、葉介と共に凧屋旅館に宿泊した二人の名前と顔は、すぐに思い出せた。雄高と愛夢という、宿泊者名簿に書かれた下の名前も覚えている。本音を言えば、葉介が雄高に対して抱いていた感情と三人の関係に変化があったのかどうか、久々に葉介の顔を見たときから気になっていた。

円と目が合うと、葉介はお茶をふうふう冷ましながら、うなずく。

「やっぱり日本とアメリカに離れちゃうと、なかなか遊ぶタイミングも合わなくて、向こうを何度か待たせて、こっちも待って、やっと今年の夏こそって勢い込んでたんだけど――愛夢が妊娠してね。あ、雄高の子ですよ、もちろん」

湯呑みをかたむけ「熱《あつ》っ」と顔をしかめる葉介から視線を外さず、円は「そうですか」とだけ相槌を打った。

「二人でいろいろ話し合って、結婚することにしたらしい。今は愛夢のつわりがとにかくひどいし、結婚式は現地で挙げるから、その時ゆっくり話そうって雄高が——俺の夏休みの予定はパー。ま、おめでたいし、仕方ないよね」

「結婚式には？」

「招待してもらえるなら、行くつもり。新郎新婦が目の前に来たらどんな気持ちになるのかまだわかんないけど、今はただ雄高にも愛夢にも直接〝おめでとう〟って言ってやりたい」

葉介は静かに言いきり、「それが一般的にどんなに普通じゃなくても、俺の普通なんでね」と冗談めかして付け加える。

「素敵です」

円が微笑むと、葉介の笑顔が弾けた。

「ま、このタイミングで凧屋旅館に来られたのは、これはこれでよかったなって思ってます。親父と二人だけで話す機会なんて、そうそうないから」

葉介の視線が呉朗に向けられる。そこにいたわりの光が加わっていることに気づき、円は嬉しく、そして少しだけせつなくなった。


一日の仕事を終えると、円は悟が買ってきてくれたレモンケーキを皿に用意し、アメリカンコーヒーの入ったポットをカップと共にお盆にのせて、文庫に運んだ。

約束の時間どおりに、浴衣姿の葉介が現れる。温泉に入ったあとらしく、髪もまだ少し濡れていた。

「やあ、夜のお茶会ですね」

嬉しそうに笑ってくれたので、円も嬉しい。レモンケーキにどれだけ砂糖が入っているかなんて、考えないことにする。

円は持ってきた文庫本二冊を木のローテーブルに置くと、ポットを傾け、湯気の立つアメリカンコーヒーをカップに注いだ。葉介がレモンケーキの皿を並べながら、尋ねてくる。

「同じ本は、においも同じ？」

そういえば、と円は首をかしげた。海老澤の『こころ』のにおいが強烈すぎて、清の遺した『こころ』のにおいをちゃんと嗅いでいなかったことに気づく。

「ちょっとお待ちください」

円は清の本を持ち、海老澤の本から離れて文庫の端まで移動してから、鼻を近づけてみた。あれ、と声を漏らし、もう一度鼻を近づけ、思いきり空気を吸い込んでみる。

「どう？」

「――大じいじ、いえ、曾祖父の本は、においません」

「においない？」

聞き返されると、自分でも自信がなくなった。円は覚悟を決めて本をひらき、文字に目を走らせてみる。一ページ、二ページ、三ページとつづけて読んでも気分は悪くならず、そのまま立っていられた。

円は興奮のあまり口をぱくぱくと開閉し、見守ってくれていた葉介に「女将さん、だいじょうぶ?」と声をかけられる。

「だいじょうぶです。におわないし、文字を見ても気持ち悪くなりません。ずっと読んでいられる。こんな本、はじめて――」

円は何度もまばたきして、清の本を見つめた。小さな頃から本のにおいに限って敏感で、心配した両親によって耳鼻咽喉科、脳神経外科、心療内科と、ありとあらゆる医者を巡らされた。市民病院で産婦人科医をしている直子にも、医師仲間のツテをずいぶん辿ってもらった。それでも原因は判明せず、治療法も見出せず、最後は「そういう個性なんだよ」と本人も周囲も無理やり納得するよりなかった。

「じゃあ、その『こころ』は、自分で読んでみたら?」

葉介があっさり促す。戸惑う円を安心させるように笑ってつづけた。

「においがしないのは、その本が女将さんと同じにおいだからかもしれませんよ。それって女将さんの理論でいくと、自分で読んだほうがいい本ってことでしょ?」

「――なるほど」

葉介の言葉が、すとんと円の腑に落ちる。今まで葉介を含めた何人もの宿泊客に、同じにおいのする文庫の本を引き合わせてきた経験上、清の残した『こころ』が、今の自分に必要な本かもしれないという仮説に納得がいった。

円はもう一度表紙をゆっくりひらく。やはり、目や鼻を直撃する刺激臭はない。円は調子づき、扉をめくって目次にざっと目を走らせ、〝**上　先生と私**〟と題のついた本文の冒頭に移った。

私は其人《そのひと》を常に先生と呼んでゐた。だから此處《ここ》でもたゞ先生と書く丈《だけ》で本名を打ち明けない。

自分の目で物語を追いかけ、文字が目を通して脳内で像を紡《つむ》ぐ経験に、胸が高鳴る。円はたちまち小説のなかに潜り込んだ。

物語の語り手である〝私〟は、海岸で出会った年上の男性が持つ泰然とした雰囲気に惹かれ、近づきたいと願う。やがて会話を交わす仲となり、〝私〟は自然と彼を〝先生〟と呼びだす。その呼び方には、〝私〟が彼に対して抱く敬愛の念が込められていた。

「へえ。知らなかったな」

葉介の声がして、円は名残惜しく本から目をあげる。没入という言葉がぴったりと当てはまる体験だった。

葉介はソファに腰かけ、円がローテーブルに置いてきた海老澤の『こころ』をひらいていた。円の視線が自分に向いていることに気づくと、乾杯でもするかのように文庫本を持ち上げてみせる。

「女将さん――あ、そういえば若女将でしたよね。俺、前の宿泊時に聞いてたのに、すっかり忘れてて――」

「呉朗様からお聞きになりました？」

「はい。女将は別にいるじゃないかって、なぜか叱られちゃいました。若女将さんって呼ぶのも長いんで、これからは名前呼びでいいですかね」

どうぞと円が笑ってうなずくと、葉介は「じゃ、話を戻して」とさっそく名を口にする。

「円さんは知ってました？　『こころ』が上中下の三部構成なんて」

「もちろん知りませんでした」

言いながら、円は最初の目次ページに戻る。上が〝先生と私〟、中が〝両親と私〟、下が〝先生と遺書〟と、それぞれタイトルがついていた。

「円さん、自力で読めそうですね。俺は俺で読ませてもらおうかな」

葉介はそう言うとページをめくっていき、適当なところを声に出して読みあげる。

「〝みんな善い人ですか〟〝別に悪い人間といふ程のものもゐないやうです。大抵田舎者ですから〟」

「〝田舎者は何故悪くないんですか〟」

円は考えるより先につづきを暗誦していた。葉介は驚いた顔で口をつぐむ。円自身も「え」と声が出てしまった。

「合ってます？」

「一言一句その通りですよ」と葉介は噛みつくように返したあと、おそるおそる確認してくる。

「女将さん、もうここまで読んで、覚えたってわけじゃ、ないですよね？」

「ないです、ないです」

円は夢中で首を横に振って否定し、早口でタネ明かしをした。

「読んでもらったことがあるんです。ずっと昔――まだ子どもだったわたしが覚えてしまうほど何度も、曾祖父が同じ文章を読んでくれました。そのときはタイトルを教えてもらえなかったんですけど――『こころ』の文章だったんですね」

「子どもに『こころ』の朗読なんて、すごい英才教育だなあ」

おどけた葉介の冗談に、しかし円は笑う余裕がない。「読まなくちゃ」とうわごとのようにつぶやいた。葉介と目が合うと、夢中で説明する。

「曾祖父がわたしを名指しして、〝**必要な番号は、あの子に伝えてある**〟と書き残したなら、手がかりはきっと金庫の上に置いてあったこの本です。曾祖父がくり返し読んでくれたいくつかのセンテンスに、ヒントがあるんだと思います」

円は確信を持って言い切ると、ふたたび本を取り上げた。

夜の深まりと共に、文庫の静けさも濃くなっていく。真夏の夜はねっとりと濃かった。その濃さのなかで、天井までの書棚にぎっしり収められた古い本達が呼吸し、それぞれのにおいを放っている。誰かにまた読んでもらえる日を、じっと待っているようだ。お盆の凪《な》いだ海に浮かんだ月の明かりが、庭園に面した窓から射し込んでいた。光は神聖なカーテンのように、長いドレープを作っている。

一人掛けのソファに座って本に集中していた円は、誰かに呼ばれた気がして顔をあげた。ボックスソファでさっきまで円と同じく『こころ』を読んでいた葉介は、今は横になって寝息を立てている。眠気に捕まってしまったらしい。他に人の気配はない。円は本棚をぐるりと見渡し、座ったまま伸びをした。本を読みながら食べていたレモンケーキは、いつのまにか最後の一口分となっている。

円は迷った末、その一口分にフォークを刺した。粉糖で作るグラスアローは厚みがあって、ざりざりとした触感と甘みがたまらない。円は味わって咀嚼《そしゃく》し、冷えてしまったアメリカンコーヒーで苦みを足した。立ち上がってコーヒーのおかわりを注ぎ、ふたたびソファに深く沈む。古い本を持ち上げ、つづきに目を走らせた。

文字が次々と連なって頭の中で像を結び、場面ができあがる。場面と場面がつながると、時間が進み、登場人物達が厚みをもっていく。そんな彼らの吐く言葉やつぶやく思いの一つ一つが、円自身の経験と感情を伴った気持ちと響き合い、いくつかは自分の言葉となって心に刻まれていった。

——小説を読むって、こういうことなんだ。

円は夢中になり、せっかくいれたコーヒーが冷めていくことにも気づかない。ページをめくっても、顔を近づけても、においに邪魔されないことが、本当に嬉しかった。

『こころ』を読み進むにつれ、円はミステリーを感じはじめる。〝先生と私〟〝両親と私〟での〝先生〟との交流を通じて、〝私〟といっしょに先生の謎を拾い集めている気分になった。厭世観、諦観、悲しみ、後悔、恐怖といった、先生を構成する断片の数々が伏線として配置され、〝先生と遺書〟の部に入ると、その伏線が手紙に書かれた〝先生〟自身の言葉によって、ひらりひらりと回収されていく。〝私〟といっしょに、円も答え合わせができる。結果、明らかになった先生の罪は、果たしてそれが本当に罪であるのかどうかを含め、人間の持つエゴイズムについて、円に考えさせることとなった。午前四時に。

自分で文字を追いかけて読めたことにより、清が円にくり返し読み聞かせてくれた文章は、細かく別れた章のたった二つ分だったことも判明した。一つは〝先生と私〟、もう一つは〝先生と遺書〟の部の中にある章だ。これがどういう意味を持つのか、円はカップを両手で持って考えつつ、窓越しの庭園の向こうに見える海が白んできたのを眺める。

円がコーヒーとケーキの器を厨房に片付け、湯呑みに白湯《さゆ》をそそいで戻ると、葉介が目をさました。

「おはようございます、葉介様」

「おはよう――ございます。や、寝ちゃったなあ。円さんは完徹？　全部読めた？」

円がうなずくと、寝癖のついた葉介は目をこすりながら「すげえ」とつぶやく。

「暗証番号はどう？」

「わかった気がします」

円はふたたびうなずく。葉介は変な唸《うな》り声をあげて跳ね起きた。完全に覚醒した顔で詰め寄ってくる。

「マジか」

「はい。マジです」

円は律儀に返事をしつつ、葉介が雄高と愛夢との関係において〝K〟となりえた世界線をちらりと考える。そして今、ここに生きて立つことのできている葉介の強さとやさしさを思った。

＊

午前九時。すでに太陽は力をみなぎらせており、円は打ち水をしただけで汗を掻く。これで朝の仕事は一息ついた。永瀬父子が金庫と共に待ってくれている文庫へと急ぐ前に、母屋に寄って悟に声をかける。

「今日は、おばあちゃんも来られそう？」

「だいじょうぶだよ」

玄関の扉をあけるなり叫ぶ孫娘をたしなめるでもなく、悟は廊下の奥から笑顔をのぞかせた。

「やっと御挨拶できるね」

金庫の中身より、海老澤の遺族に挨拶できることを楽しみにしているあたり、おじいちゃんらしいと、円は思う。悟はいつだって人を一番に考え、大切にしようと努める。家族やお客様はもちろん、通りすがりの人のことも。その真心が、凧屋の品格を支えてきてくれたのだ。高い壁を見上げた気がして、円は一瞬気が遠くなりつつ、「待ってるね」と手を振った。

三千子のレシピで作ったレモネードを厨房でガラスのピッチャーに移し替え、文庫へ運ぶ。朝食を食べたばかりのお腹にも、この爽やかな飲みものなら負担にならないはずだ。

円が階段をおりると、父子は書棚の前に仲良く並んでいた。葉介は痩せているが、色白のせいか、どこか丸みの感じられる体つきだ。対する呉朗は肌が浅黒く、体中ごつごつと骨張って、痩せているというより肉が削げていると言ったほうが近い体格をしていた。たしかに、二人は似ていない。言われなければ、親子だとわからない。

葉介のほうが先に円に気づき、手招きする。円はレモネードののったお盆を一旦ローテーブルに置いて、近付いた。どうやら二人は、凧屋の歴史が詰まったアルバムを眺めていたようだ。

「円さん、これも海老澤呉一の蔵書？」と葉介がアルバムを掲げて聞いてきた。

「あ、違います。それは、わたしがウチにあった写真を集めて作った旅館のアルバムです。お客様が見ても面白いかと思いまして、文庫の棚を間借りさせてもらっているんです。ごめんなさい」

「いやいや、全然かまわないんだけど」

葉介は恐縮したように手を振り、呉朗に「ほら、俺が言ったとおりだろ」と話しかける。呉朗はぎらりと光らせた目で、葉介ではなく円を射貫いた。葉介からアルバムを奪い、とあるページをひらいて、そこに写っている人物を指さす。

「この人は？」

「——丹家学。わたしの父です」

円は何が何やらわからないまま正直に答えた。たしか、清の葬儀を旅館で執り行ったときの写真だ。喪服に身を包んだ学と母の夕帆、そして小学生の円自身が庭園に立っている。学はカメラを睨《にら》み付けているような鋭い眼差しだが、不満があるわけではない。もともと眼力の強い人なのだ。

つづけて学といっしょに写っている女性を「母」、女児を「自分」だと円が示すと、呉朗の視線がぶれた。そうか、と口の中でつぶやき、豊かな毛量の頭を揺らす。

「父が何か？」

「いや、何もない。私の勘違いだ。失礼した」

それ以上、取り付く島がない。そういえば前に宿泊してくれた小学生、深尾透馬が自身の不思議な知覚をもってこのアルバムを眺め、喪服姿の学の写真と若き日の清の写真を指して、〝二人のおじさん〟と呼んだことを、円は思い出す。〝二人のおじさん〟は「ユーレイ」であり、透馬の夢に出てきて三千子の危機を教えてくれた恩人でもあった。

円があらためて写真をよく見ようと顔を近づけるより早く、呉朗はアルバムをとじてしまう。そのまま書棚に戻すと、ローテーブルへ向かいながら円に振り向いた。

「葉介から聞いたが、暗証番号がわかったそうだな」

「あ、はい。これじゃないかな、って数字なら」

「そうか。私のほうもだいぶ手こずったが、どうにか片が付いた。我々がチェックアウトする前に金庫をあけてもらえると、心おきなく帰れるんだが」

テーブルに置かれた金庫の前まで来て、呉朗は片膝をつく。ズボンのポケットからよく磨かれて新品のように光ったシリンダー錠を取りだし、鍵穴にあてた。昨日とは違い、鍵は何の抵抗もなく中までスッと挿し込まれる。

おお、とどよめく若い二人を見比べ、呉朗は淡々と告げた。

「あとはダイヤルロックを解除したあと、この鍵を回せば、金庫はひらく」

ぎらりと大きな目が光る。「睨まれた」と感じるほど、呉朗の眼力は強い。学の目つきに慣れている円でも、腰が引けた。

「わかりました」と円はうなずき、一度深呼吸してから、朱色の前掛けのポケットに入れていた『こころ』を取りだす。

「この小説は大きく三つの部に別れ、その部の中には、さらに細かい章があります。わたしが曾祖父からくり返し聞かされ、覚えていた文章が書かれた章を、読みながら探してみると、〝上　先生と私〟の二十八章、〝下　先生と遺書〟の四十八章だとわかりました。おそらくそれが、暗証番号に関係しているのではないかと」

つまり、と呉朗が削げた頬を撫でる。

「シンプルに考えれば、二、八、四、八、か。このダイヤルの刻みでいうと、〇二、〇八、〇四、〇八、だな」

「暗号って、そんな単純でいいの？」

葉介が眉をひそめたが、呉朗はさっさと金庫と向き合い、ダイヤルを右へ左へとカチカチ回していった。

金庫からかすかな音がしたように思うが、今まさに作業中の呉朗の背中には、とても話しかけられない。円がじっと待っていると、呉朗は奥まで挿し込めるようになった鍵をまわして、金庫に耳を近づけた。よし、と小さくうなずき、円と葉介の顔を見やる。

「あいたぞ」

円が覗き込むと同時に、金庫は案外軽い音でひらかれた。

分厚い壁で囲われた中にぽつんと置かれていたのは、B6サイズの手帳だ。革張りの表紙は、清の手によって何度も開閉されたのだろう。飴色になっていた。

「日記帳か?」

掠れた声で呉朗がつぶやく。葉介が円を見た。

「円さん、読める?」

「たぶん」と円は手帳を持ちあげ、その革のやわらかな手触りをたしかめる。実際、何のにおいもしなかった。清と握手しているような気になり、円はゆっくり表紙をひらく。その時、おだやかな声があがった。

「お待たせしました」

車椅子に乗った三千子とそれを押す悟が、文庫の階段の上に立っていた。


葉介が悟といっしょに車椅子ごと三千子を抱えて、スキップフロアになっている文庫におろす。この手間があるため、三千子が文庫に来たのはしばらくぶりのはずだ。記憶に残っていないのか、三千子は不安そうに大きな書棚を見渡した。

円はみんなにレモネードを配る。三千子の前では、きちんとしゃがんで手渡した。

「長丁場になりそうだけど聞いててね、おばあちゃん」

返事はない。三千子は小さな体を折りたたむように腰かけ、レモネードのグラスを受け取った。悟がすかさず手を貸して支えてやる。

円はあらためて、清が遺した手帳をひらく。ざらりとした紙質のページをめくり、自分の胸を打つ心臓の音に耳を澄ませた。早い鼓動が吉凶どちらを知らせているのか、無臭の手帳からは何もわからない。ただ、万年筆らしいインクのにじみと味のある筆跡が、生身の清を感じさせた。

——**私には罪がある。**

円は物騒な書きだしに目をとめ、動揺する。しかし、みんなの顔が自分に向いていることに気づき、大きく息をついて一息に読みあげた。

「〝**私には罪がある。この罪について、誰にも話したことはない。相手が近しい者であれば尚更、話したくなかった。自分が軽蔑され、憎まれるとわかっていたからだ。この恐れのもと、三千子に何を聞かれても知らぬ存ぜぬを貫いて生きてきた**〟」

円の声が震える。帳面に書かれた自分の名前が、視界の隅に入ってきたからだ。亡き曾祖父、清の独白が綴られた昔の手帳ではあるが、書かれているのは爪屋旅館にかかわる人々、つまり丹家の一族にまつわる物語になるだろうと予感した。

「〝**しかし最近、曾孫《ひまご》の円が本を読めないと知った。刺激臭がして本をひらくことすらままならないと言う。あいつと同じだ。因果は巡ると実感した。もはや私一人が墓の下で懺悔してどうなるものでもないらしい。私の罪は、白日の下に晒されるべきだろう。私やあいつの家族が知るべき罪なのだろう。とはいえ老いさばらえた私の頭はすでに霞がかかり、口もうまくは回らない。彼らと対峙した時にできるだけ正確に、よどみなく事実を伝えられるよう、ここにまず何もかも記しておくことにする**〟」

「〝あいつ〟って、もしかして——」

葉介のつぶやきに、全員が顔を見合わせた。レモネードをごくごくのみほした三千子を見つめ、円はふたたび手帳に目を落とす。

「〃私にはかつて友がいた。海老澤呉一という男だ。凧屋の文庫に収蔵された本の持ち主だ〃」

円はたまらず言葉を切った。一度息を吐きだし、そこからつづく一文に目をふさぎたい気持ちを震い立たせ、読み上げる。

「〃私はその友を殺した〃」

しんとした文庫の中を、円の声が通り過ぎ、見えなくなる。誰かの小さな咳払いが後を追い、それも消えた。円は誰にともなく尋ねる。

「つづけますか?」

「つづけてくれ」

答えはすぐ近くであがった。呉朗がまっすぐ円を見て、「早く」と促す。

戸惑う円の視線は、自然と悟に注がれる。相変わらず表情も体も動かそうとしない三千子の背中をゆっくり撫でながら、悟は円に向かってうなずいた。それで、円は吹っ切れる。祈る思いで手帳のページをめくった。

＊＊＊

海老澤呉一とは、海軍で同じ班だった。向こうは、軍が公に持ち込みを許した作家の本を兵舎で読み耽るような読書家の大学生。こちらは、お金の勘定と愛想だけで世の中を渡ってきた旅館の息子。生まれ育った環境が違って、共通の話題も乏しかったが、あまり戦には向かない者同士、仲良くなった。心身が削り取られるような戦時の日々の中、仲良くならざるをえなかったのかもしれない。

同じ班に一人、まだ十代の少年がいた。海軍特別年少兵というやつだ。年は下だが、入隊時期が我々よりも早かったため先輩として振る舞い、周囲も我々もそれを当然と受け入れていた。少年の姓も名もはっきりと覚えているが、ここでは当時の渾名《あだな》である〝イノシシ〟と呼んでおく。

上官からのしごきに人一倍辛抱強く耐えられるイノシシは、自分のやられたことの十倍ひどいことを、自分より弱い人間に行う残虐性があった。そんなイノシシがきまって標的に選んだのは、後輩の一人である海老澤だ。

愛想がなく、自分に媚《こ》びも怯《おび》えもしない海老澤が癇《かん》に障るらしく、イノシシはことあるごとに重箱の隅をつつくような難癖をつけ、海老澤をどこまでも追いかけていっては暴言を浴びせ、小突きまわした。背丈は海老澤の方が高かったが、体の厚みではイノシシの圧勝であり、力も強い。十代とは思えぬかたい拳が、少しの加減もなく海老澤の削げた頬や薄い腹に打ち込まれ、無抵抗のまま吹っ飛ばされるところを見るのは耐えがたかったが、私含めその場にいる班員は誰もイノシシの行為を止めなかった。騒ぎが上に伝わり、班員の連帯責任となることを回避したかったのだ。

「相手はただの馬鹿な子どもだ。適当に話を合わせて、持ち上げておけよ」

私は海老澤に、何度そう忠告したかわからない。実際、海老澤を除く班員は皆、当たり屋のようなイノシシをそうやっていなしていた。しかし海老澤は「馬鹿に服従するやつは、馬鹿だ」と頑なにイノシシへの態度を変えなかった。

その頑迷な矜持《きょうじ》こそが、海老澤の精神を静かに追い込んでいったのだろうと、今ならわかる。しかし経験が乏しく想像力の未熟だった若い私は、それを強さと捉えた。あいつなら大丈夫だと勝手に思い込み、放置してしまった。

戦局の厳しさと海軍のしごきは比例し、イノシシの狂気と暴力もまた倍々に膨れあがっていった。はじめは海老澤の行動に対する難癖だったはずが、顔を合わせただけで怒鳴るようになり、しまいには、イノシシみずから海老澤を探して寄っていき、ヒステリックに殴り倒した。拳のみだった制裁も、足蹴りや棍棒が加わるようになった。海老澤が血を流しても気絶しても暴力をふるいつづけることが増えてきて、さすがに班員全員で止めに入った。

「このままじゃおまえ、死んでしまうぞ。アメリカの前に、イノシシに殺《や》られる」

そう言って真剣に心配する私に対し、海老澤は腫れあがった顔を歪《ゆが》ませて、「どちらも理不尽な死じゃないか。同じことだ」と言い返した。

一九四四年十月、我々の艦はレイテ沖に向かって出発した。連合軍の船団を撃ち負かし、敵のレイテ島上陸を阻止する作戦だった。

その途上でも、イノシシの海老澤に対する嫌がらせはつづいた。命を捧げることになるであろう戦を目前にして、恐怖と鬱憤を晴らすかのように、常軌を逸した制裁が繰り広げられた。

ある朝、訓練のあとに私と海老澤が大砲の弾を運んでいると、イノシシがふらふらと寄ってきて、後ろ手にしていた文庫本を掲げた。

それは、海老澤が兵舎や艦上で何度も読み返していた夏目漱石の『こころ』だった。他人の私物を勝手に持ち出したことは棚に上げ、イノシシは「お国のために日々精進すべき時に、小説を読むなどたるんどる」と難癖をつけはじめた。

するとどうしたものか。今までどんな痛い目を見ても顔色一つ変えなかった海老澤が、はじめて狼狽《うろた》えたのだ。いつものように昂然と受け流すとばかり思っていた私も驚いたが、イノシシもまた予想以上の手応えを感じたらしい。頬をぱっと紅潮させ、目の縁に力がこもった。

「こんな本」とイノシシは文庫本をごつい手の中で握りつぶそうとする。

「やめてくれ。返してくれ」

半狂乱になって手を伸ばす海老澤に、イノシシは目を細めた。

「この本がそんなに大事か」

舌なめずりをするようにつぶやくと、海老澤の返事を待たず、文庫本を真二つに裂いたのだった。

「あっ」と声をあげたのは、私だ。海老澤は声も出せず、骨張った顔からこぼれ落ちそうなほど目をみひらいて、イノシシの手の中で残骸となった本を見つめていた。

その視線を十分に意識した上で、イノシシは大きく振りかぶり、本を海に投げ捨てる。止める間もなかった。何の躊躇《ちゅうちょ》もなく、笑顔で海老澤の希望を海に沈めたイノシシを、私ははじめて怖いと思った。

茫然自失の海老澤が膝をつくのを見て、気が晴れたのだろう。イノシシはせせら笑いながら、自分の持ち場である機械室に入っていった。

取り残された私達は口もきけず、動けずにいた。その時だ。ドォンという大きな音がして、風を切って海上を進んでいた艦が止まった。大砲の弾を抱えたままの私はバランスを崩し、尻餅をつく。艦の乗組員全員が不意を衝かれたに違いない。騒ぐ者はおらず、風の音も波の音も止み、辺りはしんと静かだった。

そこへまた空気を震わす音が聞こえた。ドォン、ドォン、ドンッとつづけざまに三度の衝撃が走り、艦が大きく右へ傾いだ。

「魚雷だ」と誰かが叫んだ。敵の潜水艦に四発撃ち込まれたのだ。私は信じられなかった。レイテ沖に辿り着くこともできず、山ほどの大砲の弾を艦内に溜め込んだまま、呆気なくやられていく現実が到底受け入れられず、呆然としゃがみ込んでいた。いや、腰を抜かしていたのだろう。立ち上がれなかった。

やがて艦内にずぶずぶと海水が入ってきて命の危険を感じ、ようやく我に返る。隣を見れば、海老澤の姿がない。あわてて周りを確認すると、海老澤の痩せた背中が機械室の扉の前でゆらゆら揺れているのが見えた。

「何をしてる」と私が声をかけると、海老澤はついと扉から離れ、青白い顔で私のそばに戻ってきた。そして手を貸し、立たせてくれる。床は激しく斜めになって、低い方はすでに海水に埋まっていた。浸水した持ち場からは、ぞくぞくと仲間達が逃げてきた。幸いスクリューやボイラーといった動力部分は無事だったので、艦は半分沈みつつも、どうにか近くの港に辿り着けたのだった。

我が艦は結局、レイテ沖の作戦には参加できなかった。持ち場によっては、魚雷や浸水によって命をなくした者もいた。沈没の恐怖に耐えきれず、途中で海に飛び込み、行方知れずとなった者もいた。イノシシもまた機械室の中で亡くなっていたと、後から聞かされた。

　イノシシが持ち場を離れなかったのは意外だと、皆が言い、私も同じように感じた。いざという時は真っ先に逃げ出しそうなやつなのにな、と海老澤にも同意を求めたが、彼は肯定も否定もせず、青白い顔で黙っていた。


　次の夏、戦争が終わった。途中棄権のような我々までもが「レイテの生き残り」と称されることに気まずさを覚えたものの、生きて日本に帰れたことはやはり嬉しかった。

　私と海老澤は住んでいる場所も生きる環境も遠かったので、疎遠になることは簡単だったが、そうはならなかった。季節の折々に文を交わし、交流をつづけた。手紙の中で、我々は家族にも言えない本音をぶつけ合ったり、兵舎でしていたようなたわい無い話を長々と綴ったりもした。

　復員後の生活が落ち着くと、海老澤はまとまった休みがとれるたび凧屋に泊まりに来てくれるようになった。手紙に書ききれない話はその時にした。はじめの頃は妻の千代子《ちよこ》さんと二人で、そのうち彼女との間にできた息子の呉朗君も入れて三人で来るようになり、ほどなく千代子さんの腹がまた大きくなった。

　私の方も、出征前より許嫁《いいなずけ》であった文子《ふみこ》を娶《めと》った。それを見届けるように、凧屋の創業主だった父、正之《まさの》介《すけ》が急死する。残された母、きくは女将から大女将へと立場を変え、若夫婦である私と文子に旅館を任せた。まだまだ父の下で働き、商いのいろはをじっくり教わるつもりでいた私はずいぶんと焦ったが、文子が機転のきく働き者で助かった。

　我々夫婦が主人と女将として、凧屋をどうにか回していけるようになった頃から、母は折に触れ「跡取り」の話をするようになった。ひらたく言えば、「子どもはまだか」と、文子をせっついた。

我々とて母と同じ気持ちだった。特に文子は子ども好きで、旅館を訪れる子ども達のこともよくかわいがっていた。海老澤家の呉朗君も例外ではない。ホースで水浴びをさせてやったり、食事のあとにかき氷を出してやったりと、過剰なくらいのサービスに努めたものだ。そして、千代子さんの大きくなった腹を羨ましげに眺めていることも、私は知っていた。だが、どうしてやることもできなかった。

のちに孫娘の直子が産婦人科の医師になった時、私は運命の皮肉を感じたものだ。あの時代に不妊治療というものが存在すれば、不妊の原因は男性にもあるという知識を教えてくれる身内がいれば、文子一人が追い詰められることもなかっただろうに。

とうとう文子は神経をやられ、床に臥せっている日が多くなった。突然泣きだしたり、笑いだしたり、耳を塞ぎたくなるような暴言を吐いたり、あるいは表情から感情が一切消えたり、高熱が出たかと思えば、指先が氷ほど冷たくなったりした。とても女将の仕事など務まらない。

私は母と二人で凧屋をやりくりしながら、絶望していた。母は「跡取りも産めず、女将の仕事もできない片端者とはさっさと離縁して、新しい嫁を探せ」と今度は私をせっつきだす。私は子どもがおらずとも床に臥しがちだろうとも、文子と添い遂げたいと願っていたが、凧屋の主人を任された以上、その願いを母の前で堂々と宣言する勇気が出なかった。父が一代で興した凧屋を存続させたい母の気持ちは痛いほどわかり、自身もまた存続の意義を十分に感じていたからだ。

とにかく跡取りを作らねばならない。文子と離縁しないためには、子どもを持たねばと追い詰められ、私の神経もじわじわと病んでいっていたのだと思う。

海老澤が家族を伴って凧屋を訪れたのは、ちょうどそんな頃だ。

海老澤が呉朗君の手を引き、千代子さんは生まれてまもない赤ん坊を抱いていた。名前は時治《ときじ》。

また男の子だという。幸せそうな家族の姿がそこにあった。

「一姫二太郎というわけにはいかなかったが」と笑う海老澤に、私はどんな笑顔を返したのか、もう記憶にない。

さらに海老澤は、私とロビーで煙草をのんでいた時に、千代子さんの腹の中にまたもや新しい命が宿っていることを教えてくれた。その刹那、私の中でずっと押さえつけてきた何かが弾け、口が勝手に動いていた。

「一人、分けてくれないか」

一生の願いだ、頼む、とつづけ、べしゃりと土下座した私に比べ、海老澤はずいぶん冷静だったと記憶している。「まあ立て」と私の体を起こさせると、眼光鋭い目で見据え、いろいろ質問してきた。その過不足のない問いに沿って、私はありのままの窮状を打ち明けた。手紙には書かなかった、いや書けなかった我が家族の暗い綻《ほころ》びについて、文子がなぜ今回挨拶に姿を見せなかったのかも含め、すべて話した。

海老澤は親身になって私の告白をすべて聞いた後《のち》、手をついて謝ってきた。気の毒だと思うし、何とかしてやりたいと願う気持ちはやまやまだが、我が子を手放すことはできない。勘弁してくれと、そんな言葉が並んだと記憶している。

もっともだ。至極健全な親の意見だ。そう思うのは、今の老いた私だ。当時の病んだ私は違った。海老澤に腹を立てた。どす黒い感情が渦巻き、あの日、戦艦で目撃し、二度と思い出すまいと自分に課してきた光景が蘇ってきた。

「イノシシと同じく、俺のことも見殺しにするのか」

気づくと、私は低い声でそう口走ってしまっていた。目を剝き、喉に筋を立てて「どういうことだ」と尋ねる海老澤に、封印してきた記憶をぶちまける。

「艦に魚雷が撃ち込まれた時、おまえは機械室の前にいた。いや、正確には、機械室の扉を閉めていたよな。どういう仕掛けをしたのかまでは知らんが、あの時、助けを求めるイノシシの声を無視して、扉が内側からは開かないようにしたんじゃないのか？だとしたら、イノシシは海水の流れ込む持ち場を、自分の意志で離れなかったのではなく、離れることができなかったんじゃないのか」

海老澤の顔色が、あの日と同じように青白くなった。

「丹家――おまえはずっとそう思っていたのか」

「違うのか？」と問いかける私を見ることなく、海老澤は薄い唇を片端だけ吊り上げ、笑った。

「俺は今、友に脅されているのだな」

「すまん。口止めに子どもを差し出せと言うつもりはない。しかし、こんなことを頼めるのはもう、海老澤しかいないんだ。おまえに断られたら、後《あと》がない。頼む。俺まで見殺しにしないでくれ」

今ここに書き出しても虫酸が走る。人の心を持たぬ者のたわごとに聞こえる。しかし一言一句違わず、私自身が実際に海老澤本人にぶつけた言葉だ。

言葉を詰まらせ、嗚咽する私の肩を、海老澤は顎《あご》をあげて長い間見ていた。

どれくらい経っただろうか。海老澤の鋭い眼差しから、ふっと光が消えた。肩がすぼまり、薄い唇が片端だけ吊り上がる。笑いだすのか泣きだすのか、わからぬ表情がしばし浮かんだが、結局どちらにも転ばず、一切の感情を消した表情が残った。

「わかった。来年生まれる三人目は、男であれ女であれ、丹家の子にしよう。この取り決めを実行するには、慎重に準備を進め、他人はもちろん身内も騙さねばならん。さらに丹家は文子さんを共謀者にせねばならん。できるか?」

「やるさ」と私は勢いこんでうなずく。何も知らずに庭園で走りまわる呉朗君、彼を見守る千代子さんの腕に抱かれた赤ん坊の時治君、そして新しい命の宿った千代子さんの腹を眺めても、恐ろしいことに、私の良心はちっとも痛まなかったのだ。


私はすぐさま文子に他人の赤ん坊を実子として育てる計画を打ち明け、彼女の身を知り合いの別荘に隠した。文子はあれこれ詮索や邪推をしてきたが「親のない子をもらうのだ」と押し切った。母には文子が妊娠したと告げ、体に障るから出産まで里に帰すと伝えた。母は予想どおり「跡取りが無事に生まれることが一番」と特に不平も疑問もなく納得してくれた。

こうして文子にも海老澤にも嘘まみれの日々を強要した十《と》月十日《つきとおか》を経て、私は強引に〝人の親〟となった。

三千子を娘にしたのだ。

もともと痩せていた海老澤だが、生まれたての娘を抱いて私の前に来た時は、はっきりとわかるくらいにやつれていた。頬の肉は削げ、目は落ちくぼみ、骸骨そのものだった。

「大丈夫か」と思わず尋ねた私とは目を合わさぬまま、三千子は役所に出生届を出す前に人攫《ひとさら》いに盗られたことになっていると、海老澤は説明した。もちろん千代子さんは半狂乱らしい。

「大丈夫か」ともう一度尋ねた私を鼻で嗤い、海老澤は息を漏らすようにつぶやいた。

「ダメだな。俺はもう本が読めなくなった。罰が当たったったんだろう」

目でも悪くしたのかと思ったが、違うと言う。本をひらくと、強烈なにおいで気分が悪くなるらしい。紙やインクのにおいではないと、海老澤は主張した。無理に読み進めると目も鼻もやられて半日、長いと三日も使い物にならなくなる、と。私はにわかには信じられずにいたが、海老澤は「臭いんだよ。たまらなく臭くて、敵《かな》わん」と苦しげにくり返した。

その時、海老澤の腕の中で眠っていた三千子が目をさまし、少しぐずった。海老澤はすぐさま慣れた手つきであやしながら、あざのような濃い隈で縁取られた目を剝き、低い声で私に言った。

「一つだけ頼みがある。娘の名は三千子から変えないでほしい。正式な届こそまだだったが、千代子が決めた名前なのだ」

私は難色を示したが、海老澤の意志は固かった。今さらここで揉めて、赤子を譲ってもらえなくなることだけは避けたい。私は渋々従うことにした。

海老澤は一礼して三千子を私に抱かせ、「我々はもう会わない方がよかろう」と冷静に言った。私は同意した。

こうして、私達の友情は終わった。地獄のような環境下で見出した陽だまりのような関係を、自ら断ち切ったことを悔いる余裕は、当時の私にはなかった。急いで呼び戻した文子と共に、待ったなしの親業がはじまったからだ。

赤ん坊がはじめて笑ってくれた時、こんな私を「とと」と呼んでくれた時、膝にのせて絵本を読んでやる時——他人の子を奪った後ろ暗さがついてまわらなかったわけではない。しかし三千子という純粋な光の下で、後悔の染みはすぐに薄くなった。そのうちどこが染みだったか、わからなくなった。利口で快活で思いやりがあって親孝行な人間に育ってくれた娘と接するたび、私の心からは罪悪感が抜け落ち、まるで三千子がはじめから自分の子だったように、自然と父親になれた。当然の顔をして、娘を愛した。


次に海老澤の名を耳にしたのは、三千子がまだ小学校にあがる前だ。

ある日、凧屋に一本の電話があった。海老澤の元妻だと名乗る人間が、旅館の主人に用があるという。動揺を隠して応対した私は、永瀬と名乗った女性があの千代子さんだと気づくまでに、少し時間がかかった。

千代子さんは、海老澤が心身の不調を理由に、数年前に自分と息子を残して家を出ていったこと、そのまま帰ることなく先日、遠い土地で一人亡くなったことを淡々と告げたあと、「海老澤が私に遺言を残しておりまして」とつづけた。

千代子さんが子どもと今も暮らす家に残されたままになっている海老澤の蔵書を、凧屋の主人に買い取ってもらい、生活費の足しにしてほしいという遺言の内容を聞かされ、私は絶句した。

「海老澤と丹家様が共にレイテを生き延びた海軍仲間ということは存じておりましたが、旅館にお伺いしていた頃はそこまでの仲とは知りませんでした。本当によろしいのでしょうか」と、千代子さんは音の一つ一つに生活の疲れを滲ませ、井戸の底から響いてくるような低い声で確認してきた。

彼女の声から擦り切れた着物の衿《えり》や粉を吹いた肌を想像して、私は思わず目を瞑る。懸命に平静を呼び戻し、お悔やみを述べたあと、海老澤の遺言どおりにすることを請け合った。

本は貨物列車で送ってくれたらいいと私は申し出たが、千代子さんは自分達でトラックの運転ができる者を雇って運ぶと言ってきかない。さらには久方ぶりに厠屋に泊まりたいと言いだし、私を困惑させた。因果応報という言葉が浮かんでは消える。海老澤が命に替えて、三千子を実の母親の手に戻そうと画策したように感じた。

千代子さんの宿泊予約を受けたあと、私は観念して文子に何もかも白状した。三千子の実の母親がまだ生きており、近々自分の娘がいるとも知らずに厠屋にやって来ることも伝えた。

「三千子に親はないと、あなた、おっしゃったじゃありませんか」と文子は号泣し、しかし最後には思い詰めた顔で、こう宣言した。

「もう私、三千子の母親になってしまいました。娘を奪われるのは嫌よ。たとえ相手が本当の母親であっても」

予約当日、千代子さんは何千冊もの海老澤の蔵書と共に、小学生になった呉朗君の手を引いて現れた。

文子は宣言どおり三千子と母屋に隠れ、母は事前に適当な理由をつけて熱海旅行に送りだしておいたから、当日は私が一人でフロントに立ち、応対した。時治君の姿が見えない理由を尋ねると、「死にました」と短い答えが返ってきて、私は絶句した。

「流行病《はやりやまい》で呆気なく——人攫いにあった赤ん坊を捜すことばかりに気を取られ、時治の体の具合に気づいてやれなかった——悔やんでも悔やみきれません」


振り絞るような細い声でそう言ったあと、千代子さんは虚ろな目で館内を見回した。

「三人目が生まれたら、こちらにまた家族で訪れようと海老澤と話していたこともあったのに——気づけば母一人子一人のよるべなさです」

私はめまいを覚え、カウンターに両手をつく。爪の先が白くなっていた。

千代子さんは呉朗君に庭園で遊んでくるように言って、彼の姿が見えなくなると、あらためて私に頭をさげた。

「そんな事情ですから、元夫のご友人にまで図々しくお金を無心すること、どうかお許しください」と唇を嚙みしめて言う千代子さんの頬は引き攣り、声は震えていた。私は彼女の本来の気位の高さを思い知る。すぐさま千代子さんを伴ってロビーに移動し、小切手を用意した。

「言い値で結構です。遠慮なくおっしゃってください」とは、心の底から出た本音だ。

千代子さんは首を少し傾け、十円単位まで決まった額をはっきり申し出た。予想していたよりずっと少ない金額だったので、私が思わず聞き返すと、千代子さんは頬を赤らめ、呉朗君を高校まで出してやれる費用を自分なりに算出したのだと説明した。

「それ以上は要りません。私と息子を捨てた男からの施しは、それで十分です」と言い放った語気で、私は千代子さんの頬の紅潮が怒りだと知った。彼女は本当なら、海老澤からの金など受け取りたくはなかったのだろう。

たまらず彼女から目を逸らした私の視界に、窓の外の信じられない光景が入ってきた。

庭園の松の木の下で、向かい合う呉朗君と三千子がいた。

私の表情に気づき、窓を背にしていた千代子さんも振り向く。止める間はなかった。

「あら、丹家さん。お嬢さんがいらしたのね」と千代子さんは微笑んだ。その涼しげな目元、整った鼻筋、美しい曲線を描いた細面、すべてを受け継いだ三千子を見ても、まさか自分の娘とは思い至らないようだった。

その時、母屋のほうから転がるように文子が飛び出してくるのが見えた。声までは聞こえなかったが、三千子を激しく叱責すると、攫う勢いで抱き上げ、連れ帰っていく。文子の一瞬の隙をついて、三千子は外に出てしまったのだろう。あとには、呆然とした表情の呉朗君だけが取り残される。

「お見苦しいところを」とうわずった声で詫びるのが精一杯の私に、子育ては難しいものですと、千代子さんは静かに笑ってくれた。

私は「申しわけありませんでした」と頭をさげ、その頭をあげられなくなる。

海老澤に子どもを要求したその日からずっと、見て見ぬふりをしてきた自分の悪意が、自分の弱さが、自分の汚さが、今すべてはっきりと見渡せた。他ならぬ自分が濁流となって、海老澤家の者達をのみこみ、それぞれの運命を最悪の方向へ押し流したのだ。

詫びてどうにかなるものならば、詫びたい。しかしもう、何もかもが遅かった。

海老澤を病ませて死に追いやったのも、千代子さんに辛苦を舐めさせているのも、時治君を手遅れにしたのも、呉朗君に寂しさと不安を与えているのも、すべて私が原因なのに、それを懺悔したところで、今さら誰の人生も元には戻せない。いや、海老澤の家庭だけではない。私は文子に疚《やま》しさを植え付け、三千子を不自由で絡《から》めた。身近な人達を不幸にしている。漆黒の影法師が近付いてくるのが見えた。自分がこれから死ぬまで付き合っていく影だと悟る。私は二度と明けない闇夜にいる。

ひりつくような恐怖と悔恨が去ったあと、深く乾いた絶望がやってきた。こんな気持ちを的確に表した文章を、昔どこかで読んだことがある気がした。

その本の題名を思い出せたのは、ずっとあとだ。旅館に文庫を作り、海老澤の蔵書でいっぱいになった書棚を眺めていた時、戦争がなければここに並んでいたはずの小説の題名がぽっかり浮かんできた。臭くて暑い戦艦の中で、死の恐怖をやり過ごすために、私も海老澤から借りて何度か読んだあの小説。

夏目漱石の『こころ』。

海老澤の運命を狂わせる契機となり、南の海に消えたあの本を、私は古書店を巡って探した。ようやく目当ての古書を手に入れると、ふたたび読み通し、戦争が終わってから私と海老澤の心に飛来する、すべての感情を予見していたような漱石の文章を嚙みしめた。

以来、毎年夏がくると必ず『こころ』を読んでいる。償いにはならないが、自分自身への罰として、一文ごとに魂から血を噴きだしながら読む。

今年の夏も、生きていたら読むつもりだ。

記憶を辿りつつ書いてみたら、思いがけず長くなった。甚だ主観ではあるが、これが海老澤と彼の家族に対する私の罪の告白だ。その〝家族〟の中には、もちろん私の家族でもある三千子が含まれる。

文子の病理解剖で出産はおろか妊娠の形跡もなかったことを伝えられ、三千子が自分はもらい子だと知ったことも、実の親から捨てられたと思っていることも、だからこそ本当の親の消息と自分を捨てた理由を知りたがっていることも、私は気づいていた。

本当にすまないと思っている。実の両親と兄から、赤子だった三千子を引き剝がしたのは、私だ。三千子の周りにいた皆を苦しめた元凶も、私だ。三千子は誰からも捨てられてなどいない。どちらの家族にも十分に愛された子どもだった。私はその事実を彼女に伝えねばならぬ。そう思いつつ、もう三十年が経ってしまった。私の臆病さと卑怯さのせいだ。今さらどうにもならぬことについて、己の罪の意識を軽くするためだけに告白し懺悔することが、はたして本当に三千子のためになるのか、懐疑の心が捨てきれなかったせいでもある。

正直に言えば、懺悔の下書きともいうべきこの記録も何度も破棄しかけた。その逡巡の果てに滑稽な仕掛けを作り、すぐには手帳を読めなくさせたことを重ねて謝っておく。

そして、私は祈らずにはいられない。この手帳を読んだ者によって、私一人ではもはやどうにもならぬ丹家の因果が、解き放たれる日の来ることを。

丹家　清

＊＊＊

円は最後まで読み終え、すっかり手に馴染んだ革の手帳を静かにとじた。無意識に手に取った湯呑みのあたたかさと、なみなみとつがれたほうじ茶を見て、途中、円の湯呑みが空になるたび、悟が入れ直してくれていたことを思い出す。

「えっと、じゃあ何？　凧屋の女将さんが、親父の妹ってこと？」

混乱の極みにいる葉介のつぶやきに、呉朗は大きく息を吐き、車椅子の上で表情を変えない三千子を睨むように見つめた。

「あの」と声をあげかける円を制し、ショルダーバッグのポケットから一枚の古い白黒写真を取りだして見せる。

そこには、凧屋旅館を背景に浴衣姿で海岸に立つ二人の青年がうつっていた。いかつい顔をした健康そうな青年と、眼光鋭く、毛量の多い痩せた青年。前者は朗らかに、後者はぎこちなく強ばりながらも、笑っていた。

「大じいじと——？」

円は体格のいい青年を指でなぞりながらつぶやく。呉朗がもう一人を指さした。

「海老澤だよ。結婚前、凧屋に一人で遊びに行ったときにでも撮った写真だろう。海老澤が戦後買い直して最後まで手放さなかったこの本に、栞《しおり》代わりに挟まれていた」

呉朗が掲げた『こころ』の文庫本と写真を見比べ、葉介が声をあげる。

「これが海老澤呉一？　さっき爪屋のアルバムで見た、円さんのお父さんにそっくりじゃん」

たしかにそうだ、そっくりだと、円も清の葬儀写真での喪服姿の父を思い出した。後ろで、悟が惚《ほう》けたようにつぶやくのが聞こえる。

「学は海老澤様に似ていた――だから、お義父さんは学にやけによそよそしかったんだ」

円は悟と三千子、そして葉介と呉朗を順番に見回した。そして曾祖父を思う。

円の記憶の中の清は、いつも夏の日にいた。野球好きだったのに、甲子園のサイレンが聞こえると、きまってテレビを消した。空襲のサイレンに聞こえるんだと小さな声で教えてくれた。怖かったのだろうか。つらかったのだろうか。かつての親友と瓜二つの孫を遠ざけてしまうほどに、罪の意識を感じていたのだろうか。幼く、たわいない話しかできなかった円は、もう清の声を思い出すことができない。けれど清が何度も読みあげてくれた文章なら、今でも諳《そら》んじられる。


惡い人間といふ一種の人間が世の中にあると君は思つてゐるんですか。そんな鑄型《いがた》に入れたやうな惡人は世の中にある筈がありませんよ。平生はみんな善人なんです、少なくともみんな普通の人間なんです。それが、いざといふ間際に、急に惡人に變《かわ》るんだから恐ろしいのです。だから油斷が出來ないんです。

「『こころ』か」と真っ先に声をあげたのは、呉朗だ。円はうなずき、生まれてはじめて最後まで自力で読めた清の文庫本をひらく。目当ての箇所まで、黄ばんで脆《もろ》くなったページをめくった。

「〝上　先生と私〟の二十八章内にある文章です。ページでいうと、六十八ページ」

呉朗も海老澤の残した文庫を手に取り、該当ページをひらく。老眼鏡をかけて目を走らせ、フッと息をつく。円はつづいてページを後ろのほうまで移動する。

「そして〝下　先生と遺書〟の四十八章内に、これがあります。二百三十五ページ」


私は又あゝ失策《しま》つたと思ひました。もう取り返しが付かないといふ黒い光が、私の未來を貫ぬいて、一瞬間に私の前に横《よこた》はる全生涯を物凄く照らしました。さうして私はがた〳〵顫《ふる》へ出したのです。


呉朗は睨むように黙読したあと、老眼鏡をゆっくりはずして呻《うめ》く。

「二十八章、四十八章、二、八、四、八――手帳に辿り着くための暗証番号だな」

「はい。曾祖父は本当に何度もこの本を読んだのだと思います。そしてとりわけ自身の心情と重なる部分がある章を、わたしに読み聞かせてくれました。本の読めないわたしが暗誦できるほど、くり返し何度も――今となっては、わたしはそうとは知らずに曾祖父の懺悔《ざんげ》を聞いていた気がします」

円の声が文庫の隅に吸い込まれていく。とつぜん呉朗が突き動かされるように、車椅子にのった三千子のほうへと一歩踏み出した。

「おい、聞いてたか？　理解できたのか？」

三千子の表情は動かず、顎の下で切り揃えられた白い髪も揺れない。呉朗の質問と視線は、三千子本人ではなく、その後ろに控える悟へとゆっくり移動した。

「どうでしょう」と悟は首をひねり、三千子のつむじを見下ろす。

「でも手帳に書かれていたのは、女将がずっと知りたかったことです。ようやく、お父さんの言葉を聞くことができたね」

悟の言葉の後半は、三千子に向けられていた。次に悟は目をあげ、呉朗と葉介に深々と頭をさげる。

「このたびは、わざわざ爪屋旅館にお越しくださり、ありがとうございました。それから――呉朗様と千代子様、そして海老澤様に多大なるご迷惑をおかけしたことを、亡き義父《ちち》の清に代わってお詫びいたします」

呉朗の顔が歪んだ。震えた唇から、言葉が絞り出される。

「今頃、お詫びされてもな」

力が抜けたのか、呉朗はそのままずるずると体勢を崩し、両足を抱えて体育座りのようにへたり込んだ。うつろな目で話しつづける。

「我が子を二人立て続けに失った母は、一人残った私が離れることを過剰に恐れた。過保護と束縛の対象にした。おかげで私が独立して結婚し、自分の家庭を作れたのは、母が死んだあと、四十五を過ぎてからだ。〝やっと死んでくれた〟――女手一つで育ててくれた母親の死に、そんな感慨しか湧かない自分がいた」

円がおずおずと差し出した手を振り払い、呉朗はつづける。

「やがて生まれた自分の息子から、〝僕のパパは、どうして普通のパパ達みたいに若くないんだ〟と不満を口にされるたび、私はすべてを母のせい、ひいては海老澤のせいにして恨んできた。責任転嫁を糧に生きのびた気すらする」

葉介がもぞもぞと居心地悪そうに身をよじったが、呉朗に責めているつもりはないのだろう。息子を見ることもなく、ゆらりと自力で立ち上がった。

「真実を知った今、さすがに海老澤が少し哀れだな。爪屋旅館の主人に一生感謝していた母がたまらなく不憫《ふびん》だ。第三者によって奇妙にねじられた道を運命と信じ、甘んじて歩いてきた自分自身にも腹が立つ」

そう言って、呉朗は自分の細い腿を拳で打った。ゴッと鈍い音が響き、円は自分が打たれたように震える。葉介があわてて呉朗の腕を摑《つか》んで止めた。

海風にのってサイレンが聞こえてくる。悟が文庫の壁にかかった時計を見上げ、つぶやいた。

「今日は終戦記念日でしたね」

誰からともなく手を合わせ、目を瞑《つむ》る。円も倣《なら》った。そういえば清が黙禱《もくとう》している姿を一度も見たことがない。手を合わせるくらいでは足りない思いがあったのかもしれない。

サイレンが止み、円は目をあける。何か言いたいが、何も言葉が浮かんでこなかった。合掌したまま顔をあげない呉朗の後ろで、心配げに立つ葉介を見る。今まで読んでもいない本について語れたのは、その本を実際に読み、その本について自身の思いを正直に口にしてくれた、葉介のようなお客様達のおかげだと思い知った。

――わたしに何が言えるだろう。

円は手に持ったままの文庫本に力なく目を落とす。この本は間違いなく何かを教え、伝えてくれたはずなのに、それが言葉となって結びつかない。自分は何を読んでいたのか？　はじめての経験に戸惑っている円に、しわがれた声がかかった。

「昨夜、金庫のシリンダー錠の修理を終えたあと、はじめてこの本を読んだ」

いつのまにか合掌を解いた呉朗が、自分の持参した『こころ』を掲げる。

「ずっと家にあって、何度か手に取ったこともあるんだが、家族を捨てて出ていった父親が好きだった本なんて、絶対に読むものかと意地を張っていた」

呉朗は円に向かって話しながらも、その視線は三千子に注がれていた。

「葉介から海老澤文庫の話を聞いて、すぐに凧屋の庭園とそこにいた女の子の顔が浮かんだ。きっとあの旅館だと確信した。家族で泊まりに来ていた頃の記憶はないが、海老澤が死んだあと、母と二人で蔵書を売り払いに来た日のことはよく覚えていたからな。それで――なぜかもう一度訪れてみたくなったんだ。海老澤のことなど思い出したくもないのに、どうしても行かなきゃいけないような、妙な焦りを感じた」

「マジか。そんなこと、俺には一言も――」

葉介が不服そうに口を尖らすと、呉朗はぴしゃりと言い放つ。

「息子に自分の薄暗い過去を喜んで話す親がいるか？　子どもは親の過去なんて気にせず、健やかに朗らかに自身の人生に没頭してほしいと願うのが、親なんだ」

呉朗の言葉は、円の耳から入って胸でゆっくり溶けていった。噛みしめるように言ってみる。

「曾祖父も、そうだったのかもしれません。祖母には、親のやったことなんて無関係に幸せに生きてほしいと願っていたんでしょう、きっと」

呉朗の目がぎらりと光り、文庫本、三千子、そして円を順番に見ると、ふたたび自分の文庫本を抱え直す。

「オカルトは嫌いだが──本を介して、私は海老澤と丹家清に呼ばれたのかもしれんな。〝ここらで俺達の因果の決着をつけてくれ〟と」

「決着って、親父がつけられるもんなの？」

葉介が心配そうに問う。老いた父親へのいたわりが感じられる口調だった。呉朗は低く唸り、あちこちに跳ねた白髪まじりの剛毛を掻く。

「わからん。だが、二人が最期まで手元に置いていたこの本を頼りに、やってみるしかないだろう」

そこで言葉を切り、呉朗は自分に言い聞かせるようにつづけた。

「もうこの世にいない彼らと、この世で迷子になっている爪屋の女将と、今から未来を生きていくおまえらを繋げるのは、私しかいないんだから」

因果が解き放たれることを祈っていた清を思い、円は自分の手元にある『こころ』をギュッと摑んだ。爪が白くなった円の指先を見つめ、呉朗はページをめくる。

「善も悪もあるのが人間だと、夏目漱石はこの本で書いている。その裏で、善悪を人間が判断する危うさまで描かれている気がした」

「──たしかに。『こころ』に出てくる〝先生〟も〝K〟も、この物語のエンドマークの先ではたぶん〝私〟も、みずから悪と判断した行為について苦しみます」

円がうなずくと、呉朗の刺すような眼差しがいくぶん和らいだ。

「海老澤も丹家清も苦しんだろう。死を招き寄せるほどに、地獄を生きるほどに、お互い苦しみぬいた。因果はこの苦しみの中で生まれたんじゃないかと、私は思う」

「一度生まれた因果を、消すことなどできるのでしょうか？」

円が途方に暮れてつぶやくと、呉朗は三千子を見やり、「できる」と大きくうなずいた。

「善悪を超えれば、きっとできる」

「善悪を意識せずに生きるってことですか？　そんなの無――」

「無理じゃない」と呉朗が円の言葉を遮り、力強くつづける。

「人間は赦すことができる。赦しはきっと、善悪を超える」

「赦す――」

円は葉介と同時につぶやき、目を見合わせた。

「人間には善悪があり、善意をもってしても、悪意をもってしても等しく、ひどい結果を招いてしまうときがある。いわゆる〝道を間違える〟ときだ。道を間違えたある者は法で裁かれ、ある者は自身で責め苦を負う」

円の頭の中に清や海老澤、そして奏志と四人の少年達の姿もちらりとよぎっていく。呉朗の話はつづいた。

「その償いがいつか何らかの形をもって終わったあとは、善悪で分けるのではなく、赦してやらないといけないんじゃないか？　もう一度、道を選ぶチャンスを与えてやればいいんじゃないか？　私は『こころ』を読んでつくづく思ったね。もし自分が間違えたときには、チャンスがほしいと」

「同感」と葉介がうなずき、呉朗の背中にそっと手を添える。

「善とか悪とか俺はよくわかんないけど、誰かのせいにして責めてばかりいると、そこから動けなくなっちゃうからさ。親父も怒りや恨みをいつまでも摑《つか》んでないで、手放すのはどう？」

「赦して、手放す――か」

呉朗は自分の両手を持ち上げ、じっと見つめた。そして、よろめきながら三千子の前に進み出る。覚えてるか、と話しかけた。

「ここの庭園で一人遊んでいた私に、〝いっしょに遊ぼう〟って声をかけてくれたよな。私は小さな女の子に同情されたようで恥ずかしかったが、それ以上に嬉しかった。実際、私は退屈で寂しかったから」

やさしくしてくれて、ありがとう。呉朗が頭をさげた拍子に、三千子に当たっていた窓からの光が遮られた。すると今までぴくりとも動かなかった三千子の表情に、変化が訪れる。光を探すように足元をきょろきょろ見回し、ゆっくり顔をあげた。そしてそこにあった呉朗の顔を見て、不思議そうに目をしばたたく。

「どちらさま？」

「兄さんだよ」

呉朗のとっさの返答が、三千子の脳内で意味を結んだとは考えにくい。それでも、三千子は愛想良く笑い返した。凧屋旅館に客が来るたび何千、何万回とくり返し、体の記憶となった女将の挨拶を、たどたどしくも丁寧にやり通す。

「にいさん、いい、凧屋旅館へようこそいらっしゃいました」

その瞬間、円は自分と呉朗が抱えた二冊の――海老澤と清の――『こころ』が、三千子の清廉なにおいに染まるのを感じた。

呉朗が目を赤くして振り返る。「若女将」と呼びかけられ、涙をぬぐっていた円は背筋を伸ばした。

呉朗はショルダーバッグのポケットからふたたび写真を取りだして言う。

「海老澤――父はもしかすると終生、丹家清を赦せなかったかもしれない。けれど最期は、かつてたしかに存在した彼との友情を胸にしまって逝った気がする。でなきゃ、二人が笑顔でうつった写真を『こころ』に挟んでおいたりしないだろう？」

円は若い曾祖父と海老澤呉一がうつった写真を見つめる。三千子の身を案じて見えないはずの姿を現した時の二人も、この若い姿だったことを思い出した。

「そうであってほしいと願います」

円がゆっくり同意すると、呉朗の目に親しみとも慈しみともつかないやさしい光が宿る。

「若女将、あなたは恥も罪も感じなくていい。あなたに血をつないでくれた皆のことを、好きなままでいなさい」

「永瀬様――」

「海老澤の血も丹家の血も混じり合った今、私達はもう互いに償いを終え、赦し、赦されている。私達の人生は誰かの懺悔や復讐のために存在するのではない。私達の人生は私達のものだ。わかったな？」

慎重に念を押す呉朗の声が、ふいに懐かしく聞こえた。どれだけ遠く薄くとも、同じ血が流れている人の声だと感じる。円は「はい」とうなずき、深々と頭をさげた。

チェックアウトの時間になる。呉朗に挨拶したあとの三千子は、すっかりいつもの彼女に戻り、会話はおろか目を合わすことすら難しくなっていた。

そんな三千子のそばを離れがたそうな呉朗を置いて、葉介が一人でフロントにやって来る。円が精算の準備をしているあいだ、うつむき加減にスマートフォンをいじっていた葉介が、ふいに晴れやかな顔をあげた。

「従姪《じゅうてつ》だってさ」

「じゅうてつ？」

「俺から見た円さんの呼び名だよ。海老澤呉一の血にそって考えると、俺は円さんのお父さんといとこ同士になるじゃん？　で、いとこの娘は、従姪」

「そんな言葉があるんですね」

円は目を見張りながら、どこまでもつながっていく血の逞しさと疎ましさを同時に感じた。カウンターの隅に置かれた花瓶の花を見る。小さな紅紫色の花が縦に連なって咲いている。円の視線を追いかけ、葉介が尋ねた。

「ラベンダー？」

「いえ、これはミソハギという花です」

円はさらりと答えつつ、昨日この花を届けるついでに、花の名前や由来、花言葉などを教えてくれた則子に感謝する。彼女が芦原から旧姓に戻り、『Ｆｌｏｗｅｒ　Ｓｈｏｐ　ＯＫＵＮＯ』

の正社員となり、この町へ移住してきてまだ一年だが、すでになくてはならない円の仕事仲間で、友人だった。

「俺、花に疎いからなあ」と頭を掻いている葉介と、遅れてやって来た呉朗、そして彼らを見送ろうと三千子の車椅子を押してくる悟――円はみんなに向けて声を張る。

「ミソハギの花言葉は、愛の悲しみ、悲哀、そして慈悲などがあります。よくお盆にお供えする花なので、亡くなった人々を偲んだ言葉となっているようです」

「慈悲か」

呉朗がつぶやき、ずっと持っていた本をゆっくりカウンターに置いた。

「これは、文庫のほうで保管してもらいたいんだが」

「お持ち帰りにならなくて、だいじょうぶですか？」

円の問いに、呉朗はかたまっていた筋肉をほぐすように何度か頬を拳で押さえ、ぎこちなく微笑んだ。

「だいじょうぶ。読みたくなったら、また凧屋に泊まりに来る。妹にも会いにくる」

「俺は円さんのお父さんにも会いたいな。海老澤呉一に瓜二つなんでしょ」

葉介が屈託なく口を挟む。呉朗が諌めるより早く、悟が「是非」と身を乗り出した。

「会ってやってください。義父《ちち》のこと、海老澤様のこと、そしてお二人のことも、学にはきちんと話すつもりですから」

悟の目が三日月を通り越して新月くらい細くなっているのを見て、円はカウンターに置かれた本を取り上げる。

「では、たしかにお預かりいたします」

手の中の古い文庫本からは、もう刺激臭はしてこない。三千子のにおいに染まった海老澤の『こころ』も、おそらく最後まで読めそうだ。


窓や玄関の格子戸にはまったガラスから、夏の陽射しが降り注ぐ。

一番暑い時間帯に帰るなんて、とぼやく葉介の背中を押して、呉朗は〝ロックサービス永瀬〟の白いミニバンに乗り込んだ。

「またのお越しをお待ちしております。道中お気を付けて」

声をかけた円といっしょに、悟も腰を九十度に折って見送る。車椅子の上では、背筋を伸ばした三千子が、兄の運転する車を見つめていた。車が凧屋旅館の敷地を出て遠ざかり、角を曲がって見えなくなるまで、まばたきもせず。

雲のない青空は澄み渡って高く、すべての誤りをそのままの形でやわらかく包む広さがあった。

本書は書き下ろしです。

本作品はフィクションです。実在する地名・人名・事件・団体等とは一切関係がありません。

参考文献および底本一覧

川端康成「むすめごころ」――『むすめごころ』竹村書房、一九三七年・初刷
横光利一「春は馬車に乗って」――『春は馬車に乗って』改造社、一九二七年・初刷
芥川龍之介「藪の中」――室生犀星編『芥川龍之介讀本』三笠書房、一九三六年・初刷
志賀直哉「小僧の神様」――『小僧の神様』岩波文庫、一九三八年・第十一刷
夏目漱石「こころ」――『こころ』春陽堂文庫、一九三九年・第十刷

名取佐和子　なとり・さわこ

兵庫県生まれ、明治大学卒業。ゲーム会社勤務の後に独立し、2010年『交番の夜』で小説家デビュー。著書に『ペンギン鉄道 なくしもの係』（第5回エキナカ書店大賞受賞）シリーズ、『金曜日の本屋さん』シリーズ、『シェアハウスかざみどり』『江の島ねこもり食堂』『逃がし屋トナカイ』『寄席わらしの晩ごはん』『七里ヶ浜の姉妹』『ひねもすなむなむ』『図書室のはこぶね』（京都府私立学校図書館協議会司書部会「中高生におすすめする司書のイチオシ本2022年版」第6位、「埼玉県の高校図書館司書が選んだイチオシ本2022」第8位、うつのみや大賞2023第4位）ほか多数。

文庫旅館《ぶんこりょかん》で待《ま》つ本《ほん》は
2023年12月15日　初版第1刷発行

著者　名取佐和子
発行者　喜入冬子
発行所　株式会社筑摩書房
東京都台東区蔵前2-5-3
郵便番号　111-8755
電話番号　03-5687-2601（代表）
印刷・製本　中央精版印刷株式会社
©Sawako Natori 2023 Printed in Japan
ISBN978-4-480-80513-3 C0093

本書をコピー、スキャニング等の方法により無許諾で複製することは、法令に規定された場合を除いて禁止されています。請負業者等の第三者によるデジタル化は一切認められていませんので、ご注意ください。
乱丁・落丁本の場合は、送料小社負担でお取り替えいたします。

◉筑摩書房の本◉

肉を脱ぐ

李琴峰

新人作家の柳佳夜がある日エゴサーチすると同姓同名のＶＴｕｂｅｒがヒットした。なりすまし？　その意図は？　その正体を暴くべく奔走する柳が見たものは――。

◉筑摩書房の本◉

百年と一日

柴崎友香

代々「正」の字を名に継ぐ銭湯の男たち、大根のない町で大根の物語を考える人、解体される建物で発見された謎の手記……時間と人と場所を新感覚で描く物語集。

◉筑摩書房の本◉

棕櫚《しゅろ》を燃やす

野々井透

父のからだに、なにかが棲んでいる――。姉妹と父に残された時間は一年。その日々は静かで温かく、そして危うい。第38回太宰治賞受賞作と書き下ろし作品を収録。

◉筑摩書房の本◉

休館日の彼女たち

八木詠美

ホラウチリカが紹介されたアルバイトは美術館のヴィーナス像とのラテン語でのお喋りだった⁉　英語版も話題の『空芯手帳』の著者が送る奇想溢れる第二作！

◉筑摩書房の本◉

月曜日は水玉の犬

恩田陸

この世に輝く数多のエンターテインメントを
小説家・恩田陸とともに味わい尽くす——。
ファン垂涎の強烈で贅沢な最新エッセイ、
満を持して刊行！